Leif Oberlin
Blut & Regenbögen

Leif Oberlin

BLUT & REGENBÖGEN

Kurzgeschichten

Bibliografische Information der Deutschen Nationalbibliothek: Die Deutsche Nationalbibliothek verzeichnet diese Publikation in der Deutschen Nationalbibliografie; detaillierte bibliografische Daten sind im Internet über dnb.dnb.de abrufbar.

1. Auflage
© 2023 Leif Oberlin
Herstellung und Verlag: BoD – Books on Demand, Norderstedt
Covergestaltung: Leif Oberlin

ISBN: 978-3-74318-049-9

Inhaltsverzeichnis

Nichts Böses
7

Lauf, Fabi, lauf!
21

Der Dandy und sein Henker
40

Das Flattern
52

Robin und die wilden Teufel
62

Reste von gestern
84

Eine ganze halbe Nacht
98

Waldos Grotte
110

#119
132

NICHTS BÖSES

Die Wellen peitschten erbarmungslos gegen die Klippen und machten ein gigantisches Getöse, als könnten sie es kaum erwarten, diese nach Jahrhunderten endlich in den Untergang zu reißen, um dann freie Fahrt auf das Gelände zu haben. Dorthin, wo die Menschen waren. Im schimmernden Mondlicht sahen sie beinahe aus wie riesige, mit scharfen Krallen bestückte Pranken gigantischer Kreaturen, die aus einer anderen, jenseitigen Welt kamen und nach den Lebenden zu greifen schienen.

Padre Perez hatte großen Respekt vor dem Meer.

Schon seit seiner Kindheit, als er so oft mit Vater und Onkel auf kleinen Fischerbooten hinausgefahren war, empfand er das Meer als seinen treuen Begleiter – ewig, allwissend, gefürchtet. Das war Jahrzehnte her. Aber auch heute noch kam Perez, so oft es ging, zurück an den Strand. Um die Gedanken kreisen zu lassen, um Gott zu ehren, ihm zu danken – und manchmal auch, wie heute der Fall, weil es einen Auftrag zu erfüllen galt, der ihm von ebendiesem auferlegt worden war.

Hinter den Dünen, nicht mehr als einen Steinwurf entfernt, hatte der Sturm einige der Holzhütten umgerissen und Unmengen an Schlamm und Unrat durch die Straßen gespült. Es hatte mittlerweile zu regnen aufgehört, aber die Spuren der Verwüstung waren auch auf dieser Seite, direkt an der Küste, deutlich zu erkennen. Der für gewöhnlich schneeweiße Sand, der sich an guten Tagen unter den Strahlen der Sonne in einen meilenweit glitzernden Teppich aus Kristall verwandelte, war zu einer trüben grauen Masse geworden, aus der immer wieder zersplitterte Holzstücke oder Plastiktüten hinausragten. Noch immer heulte der Wind unerbittlich über das Schlachtfeld, und es klang, als riefen sie nach ihm: die Stimmen derer, die er nicht hatte retten können.

Padre Perez lockerte den Kragen seiner Soutane, damit sie ihm nicht länger den Atem abschnürte. Zu seinen Füßen war der Saum des Gewands schon fürchterlich ruiniert.

Die Sorge schien ihn beinahe um den Verstand zu bringen: Im Dorf setzten alle ihr vollstes Vertrauen in ihn, er durfte sich jetzt bloß keinen Fehler erlauben, Leben standen auf dem Spiel – nicht zuletzt sein eigenes. Die Schnittwunde auf seiner linken Wade schmerzte – da, wo ihn eines dieser Monster erwischt, ihn mit seinen spitzen, verdorbenen Krallen verunreinigt hatte, *ihn*, der sich bisher nicht das Geringste hatte zu Schulden kommen lassen. Zur Hölle mit ihnen, dorthin, von wo sie angekrochen kamen! Es durfte nicht noch schlimmer werden, und dafür würde er sorgen.

Die Teufel waren an diesem Morgen ohne Ankündigung über die Menschen gekommen. Zwar hatte den Padre die vage Vorahnung von etwas Bösem schon seit Tagesanbruch begleitet, und ihm war gewesen, als läge der zarte Geruch von Schwefel und Verderbnis bereits seit den frühen Morgenstunden in der Luft. Aber niemals hätte er für möglich gehalten, was ihm an diesem Tag widerfahren sollte, sagte man doch, die Gemeinde sei über Jahrhunderte verschont geblieben. Nur in alten Aufzeichnungen war er den Dienern der Unterwelt jemals begegnet. Als die Monster dann aus dem

Hinterhalt zuschlugen, waren seine Gedanken schon zum Tagesgeschäft übergegangen, und so hatte ihn ihr heimtückischer Angriff mit voller Wucht getroffen. Hätte er doch nur auf seine Instinkte gehört! Die Stimme des Herrn, tief in seinem Inneren, hatte ihn doch zu warnen versucht! Aber er, der unverbesserliche Narr, hatte das Gefühl verscheucht und sich nicht weiter darum geschert.

Padre Perez umklammerte fest das Kreuz in seinen Händen. Sobald er das Unheil abgewendet hatte – sollte er es denn schaffen! –, würde er in Kauf nehmen, welches Schicksal der Herr ihm auch immer zugeteilt hatte. Für seine Unbedarftheit hatte er jegliche Strafe verdient.

*

Zu seiner täglichen Messe waren an diesem Morgen nicht viele Gäste erschienen. Vorwiegend die schon deutlich von Alter und Krankheit gezeichneten Bewohner der Siedlung nahmen seine Dienste noch in Anspruch – diejenigen, denen nur noch das Wort Gottes Halt verschaffen vermochte, nachdem alles andere sie verlassen hatte. Padre Perez fühlte eine innige Verbindung zu diesen Menschen, die meisten von ihnen kannte er seit Jahrzehnten. Er gefiel sich in seiner Aufgabe, ein Stückweit ihr Leid mildern zu können, indem er als Verbindung zwischen dem Jetzt und dem Danach auftrat, und ihnen, so gut er konnte, die Angst vor dem nahenden Ende nahm.

Sein Auftrag erfüllte ihn nicht bloß mit Sinn, sondern auch mit erhabenem Stolz. Jener Stolz hatte ihn auch an diesem Morgen beflügelt, als er das Wort an die Anwesenden richtete.

Doch weit sollte er dieses Mal nicht kommen.

Plötzlich stand der Altar vor ihm in Flammen. Die Frauen in der ersten Bank kreischten vor Entsetzen, und das Weiß in ihren Augen trat hervor. Der Padre riss die Hände nach oben und bat sie zurückzuweichen, Ruhe zu bewahren, aber auch er war kreidebleich. Die Flammen waren wie aus dem Nichts emporgeschossen.

Panisch kreiste sein Blick über die Wände des Gemäuers, und dann sah er sie, erst schemenhaft, dann urdeutlich: Am anderen Ende des Schiffes, hinter den Bänken, bäumten sich zwei Teufel auf. Etwa zwei Meter in Gestalt, die dürren Gliedmaßen mit viel zu vielen Gelenken, die grüne, schuppige Haut schimmernd von Schaum und Eiter, ihre Schnauzen bestückt mit spitzen, gelben Zähnen, und ihre Augen voll mit einer Finsternis, die ihm das Leben auszusaugen schien wie der Tod höchstselbst.

Schreie erfüllten die Halle, als auch die Gäste die Teufel in ihrem Rücken bemerkt hatten.

»Weichet!«, rief der Padre mit vor Angst brechender Stimme, griff nach seinem Kreuz und versuchte, um den lichterloh brennenden Alter herum zu eilen und sich den Angreifern zu stellen. Doch er kam zu spät. Eine der Kreaturen sprang in die Lüfte, völlig mühelos bis unters Gewölbe, und landete auf einer der Bänke zu seiner Rechten; das Holz barst unter seinem Gewicht, als seien es bloß Zweige. Ehe Padre Perez sich versah, hatten sich die Krallen des Teufels in manche der Siedlungsbewohner gebohrt. Die vor einem Moment noch nach Rettung – oder *Vergebung* – flehenden Stimmen verstummten augenblicklich, und dunkelrotes Blut platzte auf den steinernen Boden.

Das Bild vor Padre Perez' Augen schien zu verschwimmen.

Er wusste: Als erstes nahmen sie immer die Unschuldigen zu sich! Als der Teufel den Leib der freundlichen Miss Espinosa, der Mutter des kleinen Danilo, entzweiriss, musste er seinen Blick abwenden, aber gleichzeitig packte ihn ein Hass und ein verzweifelter Mut, den er nie für möglich gehalten hatte. Wenigstens einen der Eindringlinge musste er zu fassen bekommen, die Heerscharen der Unterwelt durften nicht ungeschoren davonkommen! Der Herr gab ihm Kraft und wies ihm den Weg – und auch, wenn er dankbarerweise das allererste Mal einem Diener der Hölle gegenüberstand, wusste der Padre instinktiv, was zu tun war.

Er hastete über die Bänke. Der Teufel erspähte ihn augenblicklich, rote Flecken zierten seine Gliedmaßen. Mit einem gellenden Schrei riss der Padre das Kreuz empor und presste es der Kreatur mit aller Kraft in die schuppige Haut. Ein Zischen ertönte, kochend heißer Dampf quoll hervor und hüllte beide ein. Der Teufel riss sein Maul auf und stieß ein markerschütterndes Grollen aus, das durch die Kirche halte und das Geschrei der Flüchtenden überdeckte.

Mittlerweile war es einigen der Leute gelungen, das Tor zu erreichen. Ein Spalt Tageslicht flutete ins Innere der Kirche. Andere waren über das Becken mit dem Weihwasser gefallen oder in ihrer panischen Flucht von dem zweiten Monster erwischt worden.

Der getroffene Teufel fuhr vor Pein zusammen, holte mit einer seiner Pranken aus und streifte den Padre am Bein. Stechender Schmerz durchfuhr diesen wie ein Blitz, aber er durfte nicht aufgeben, das Symbol Gottes in seinen Händen verlieh ihm Macht. Padre Perez zog das Kreuz zurück, die Haut des Teufels löste sich in Fetzen, und zurück blieb eine hellweiße Brandwunde in gleicher Form. Dann erklomm der

Padre einen der hölzernen Trümmer, schwankte kurz, fand festen Stand – und schleuderte dem Monstrum seine Waffe mit voller Kraft ins Gesicht. Wieder ein Zischen. Dieses Mal konnte die Ausgeburt der Hölle nicht mal mehr das Grollen erklingen lassen. Eingehüllt von Dampf verkrampfte der schuppige Leib, die Kreatur zuckte und brach gefällt in sich zusammen.

»*In nomine Iesu Christi Dei et Domini nostri*«, flüsterte der Padre, doch dann barst sein Hass vollends aus ihm heraus, und er keifte: »Fahr zur Hölle!«, während er dem bereits toten Teufel das Kreuz mehrfach mit aller Kraft, die sein geschwächter Körper noch aufzubringen vermochte, ins Fleisch rammte. Kochende Fetzen spritzen ihm auf Gewand und Gesicht. *Diese Menschen haben nichts Böses getan – nicht sie sind die Sünder, die es zu richten gilt!* Jetzt war es an ihm, Gerechtigkeit walten zu lassen: Der Herr würde ihm seine Untat, seinen blutrünstigen Rausch, vergeben.

»Padre!«, hörte er eine Stimme rufen. Der weiche Klang durchdrang seine Rage und riss ihn in die Wirklichkeit zurück. Durch die Schwaden erspähte er eine Frau, die auf allen Vieren kriechend auf ihn zukam, der Weg zu ihren Seiten gesäumt von zerstückelten Leibern. Es war die Amerikanerin, und sie stieg wie ein Engel inmitten des Infernos hinab, wie ein Strahl gleißenden Lichts, gesandt aus den Pforten des Himmels selbst.

Mit der Amerikanerin hatte er sich ab und an vor den Messen unterhalten, und sie war ihm schnell ans Herz gewachsen. Die Frau war mutmaßlich um die vierzig Jahre alt und vor etwa zwei Monaten auf der Insel aufgetaucht. Erst hatte er sie für eine Europäerin gehalten, dann aber schnell herausgefunden, dass er sich geirrt hatte. Es waren immer ähnliche

Gründe, die Fremde dazu brachten, hier, in der philippinischen Provinz abseits der Städte und Beach-Resorts aufzuschlagen. Diese Frau aber unterschied sich von den Ausreißern, den Junkies und den Jugendlichen mit ihren Rucksäcken. Auch ihre Liebe zum Herrn schien nicht bloß eine vorübergehende Phase zu sein – zum Beispiel, weil sie vor etwas auf der Flucht war –, sondern strahlte eine Ernsthaftigkeit aus, die dem Padre ungemein imponierte. Wenn er mit ihr sprach, öffnete sich etwas in ihm, und eine ungekannte Wärme breitete sich in seinem Körper aus.

»Padre«, flehte die Frau nun, und eine Träne lief ihre Wange hinunter.

Padre Perez stand über dem Kadaver des Teufels, durchnässt von dessen Blut, das Kreuz noch immer hoch über seinem Kopf erhoben.

»Du bist in Sicherheit«, flüsterte er ihr zu, aber glaubte seinen eigenen Worten nicht. Aus den Augenwinkeln sah er die verbliebenen Dorfbewohner, die kriechend und wimmernd in Richtung des Tores preschten. Der zweite Teufel war nirgends zu sehen. Mit dem Ärmel seiner Soutane wischte der Padre sich das dunkelrote Blut der erledigten Kreatur aus der Stirn, ging in die Knie und streckte beide Arme in Richtung der Frau aus. Ihr dunkelblondes Haar stand in alle Richtungen ab, und Staub zierte ihr Gesicht, auf dem er einen Ausdruck blanken Entsetzens las.

Auf den zweiten Blick verblasste auch der Rest ihres eben noch so hell erstrahlenden Glanzes: Die klaffende Wunde auf ihrer Schulter sprach eine deutliche Sprache, sie würde die Kirche nicht lebend verlassen. Ein gleißender Blitz durchfuhr Padre Perez' Magengegend, und sein Herz pochte heftig bis in seine Schläfen. Von allen Menschen und allen

Bemühungen zum Trotz hatte er ausgerechnet *sie* nicht retten können!

Die Frau stützte sich auf den Ellenbogen ab und schleifte ihren Körper die letzten Meter zu ihm, griff ihn an den Handgelenken und sackte in sich zusammen. Padre Perez zog sie an sich heran und ließ ihren zitternden Leib langsam auf seine Knie sinken. Stille kehrte ein.

»Padre«, wimmerte sie wieder, und ihr Atem wurde flach. »Warum nur? Was haben wir getan, dass wir dieses Unrecht über uns ergehen lassen müssen?«

Er verlor sich in ihrer Schönheit. Selbst im Angesicht des Todes war sie von einer Anmut und Eleganz, die er nie zuvor gekannt hatte, und auch jetzt, als sie mit weit aufgerissenen, aber schon glasigen Augen zu ihm aufsah, konnte er sich nicht von diesen Gedanken lösen. Ihr warmer Körper, das langsame Heben und Senken ihrer Brust, als sie nach Luft rang, ihr Geruch – ungeachtet der Situation um ihn herum berührte ihn ihre Anwesenheit tief im Innern, und das warme Gefühl durchfuhr ihn mit unausweichlicher Macht. Die Wut, die Anspannung, beide ließen nach.

Padre Perez strich ihr das Haar aus der Stirn. »Ich weiß es nicht, mein Engel, aber jetzt bist du in Sicherheit«, sprach er mit der ruhigsten Stimme, die er aufzubringen imstande war. »Ich bin bei dir. Der Herr ist bei dir.«

Und er verstand.

Die Gewissheit überrollte ihn wie eine Lawine, als berührte ihn die Hand Gottes selbst. In klare Gedanken oder gar Worte konnte er es zunächst nicht fassen, aber der Grund, warum die Teufel über die Gemeinde gekommen waren, lag auf der Hand: Seine Sehnsucht, seine unreinen Gedanken, der Sog, den diese Frau auf ihn ausgeübt hatte – all dies hatte seine Sinne verschleiert, hatte ihn vom rechten Weg abgeführt, hatte seine Gottesfurcht ins Wanken gebracht und seinen Geist mit weltlichem, fleischlichem Verlangen vergiftet. Und wider besseres Wissen hatte er es zugelassen, hatte seinen Auftrag vernachlässigt und aus Selbstsucht und Schwäche die ganze Gemeinschaft in Gefahr gebracht.

Die gesamte Zeit dachte er, er sei reinen Herzens und hätte nichts Böses getan, aber er hatte gesündigt. Alles war allein seine Schuld, er allein hatte sich vor dem Herrn für den Angriff zu verantworten.

»Der Herr sei mit dir«, sprach Padre Perez mit brüchiger Stimme, als ihr Blick auch schon brach und sie still, fast lautlos, ihren letzten Atem aushauchte. Noch einmal hob und senkte sich ihre Brust, dann war sie fort. Mit zitternder Hand schloss er ihre Augen und wog ihren leblosen Körper noch einen Moment lang in seinen Armen.

»Es ist alles meine Schuld«, flüsterte er, und doch genoss er ihre Berührung, ihre Wärme, nur ein paar Sekunden noch, bevor sie für immer kalt werden würde. Ein flüchtiges Bild wie ein Tagtraum manifestierte sich in der hintersten Ecke seines Bewusstseins: Hätte er diese Berührung doch nur unter anderen Gegebenheiten erfahren, in einem anderen Leben, fernab seines strikten Amts und der Tragödie des heutigen Tages. Gott weiß, wie sehr er sie hätte genießen können.

»Nein!«, rief Padre Perez laut, und das Bild erlosch.

Richten müsse man ihn für sein Versagen, für seine Ignoranz, dafür, dass der Gehörnte ihn verführt hatte, ihn infiziert mit seinem Hass, ihm mit süßlicher Stimme zugeflüstert, er könne Dinge haben, denen er für immer abgeschworen hatte. Noch dazu hatte er in Gedanken gerade den Namen des

Herrn missbraucht. Welch elendiger, jämmerlicher Scharlatan er doch war!

Als er sich endlich von ihr losreißen konnte, schleppte der Padre sich zum Tor, zog sein aufgeschlitztes Bein nach und versuchte, nicht auf die Gefallenen zu sehen, die es nicht rechtzeitig ins Freie geschafft hatten – die Unschuldigen, die nur seinetwegen ihr Leben hatten lassen müssen. Den Anblick ihrer Leichen hätte er nicht ertragen können.

Draußen tobte ein Unwetter, wie er es noch nie erlebt hatte. Padre Perez zog den Kragen seines Gewands hoch, nur ein schwacher Schutz gegen den sintflutartigen Regen, der ihm ins Gesicht schlug, aber auch von diesen Naturgewalten konnte er sich nicht von seinem letzten Gang abbringen lassen, seiner letzten Mission. Er musste den Herrn besänftigen, um jeden Preis. Ohnehin war diese Gemeinde ohne ihn besser aufgehoben, das wusste er nun.

Äste flogen ihm ins Gesicht, und gegen die Böen konnte er kaum ankämpfen, als er sich schweren Schrittes durch den Schlamm schleppte, weiter Richtung Küste, nicht nach links oder rechts blickend. Es zog ihn, es rief nach ihm – in der unendlichen Weite des Meeres würde er es beenden. Er war so fest entschlossen wie noch nie zuvor in seinem Leben.

Die Spuren des zweiten Teufels waren schon nicht mehr zu sehen.

∗

Padre Perez hatte großen Respekt vor dem Meer.

Er betrachtete die Krallen der Wellengiganten eine Weile. Sie waren merklich kleiner geworden, seit sich der Wind gelegt hatte, aber noch immer würden sie stark genug sein, ihn mit Haut und Haaren zu verschlingen. Die Schnittwunde auf seiner linken Wade schmerzte, da, wo ihn eines der Monster erwischt hatte – ihn, der bisher in seiner Anmaßung überzeugt gewesen war, nie etwas Böses getan zu haben. Wie sich der Mensch doch irren konnte, so klein und schwach angesichts der schieren Größe Gottes und seines Ozeans.

Er ließ den Blick schweifen. Die Taschen seines Gewands waren klein, aber bestimmt konnten sie den ein oder anderen Stein fassen, sein Wille und deren Gewicht würden ausreichen, nach nur wenigen Schritten würde es ihn in die Tiefe ziehen, und –

»Herr Padre! Padre Perez!« Er hörte eine Stimme durch das Brausen erklingen. Erwartungsvoll drehte er sich um, der Wind peitschte ihm ins Gesicht.

Eine Gruppe Dorfbewohner kam auf ihn zu, vielleicht sieben oder acht Menschen, ihre Gesichter besorgt. Er erblickte Frauen, Kinder, ihre Kleidung makellos und nur ein wenig klamm vom Regen. Sie *lebten*. Ein Zeichen – der Herr ließ ihn Abschied nehmen. Diese Gnade hatte er nicht verdient.

»Ihr seid den Monstern entkommen!«, jauchzte der Padre, und Freude erfüllte sein Innerstes. »Ihr habt es geschafft, den Klauen des Todes zu entrinnen. Oh, danket dem Herrn!«

»Herr Padre …« Ein kleiner Junge, etwa sechs Jahre alt, stolperte auf ihn zu und zupfte am Saum seines Gewands. »Geht es Euch gut?«

Dem Padre wurde schwer ums Herz. Er schlang seine Arme um das Kind, zitternd, und salzige Tränen schossen ihm in die Augen. Wie auch immer diese Menschen der Heimsuchung hatten entkommen können, sie mussten krank vor Angst sein.

»Vergebt mir«, wimmerte Padre Perez, und die Schuld stürzte auf ihn ein wie eine Lawine. »Bitte vergebt mir. Ich habe gesündigt, und ihr habt den Preis dafür zahlen müssen. Ich werde es nie wieder gut machen können.«

Einen Moment herrschte Stille, nur das Brausen der Wellen war zu hören, dumpf und träge, als wäre das Meer plötzlich Meilen entfernt.

»Wovon sprichst du?« Eine der Frauen trat hervor, packte den Padre an den Schultern und sah ihm fest in die Augen. »Perez! Wovon sprichst du?«

Doch der Padre begann nur zu wimmern, drückte sie und das Kind noch fester an sich und ging in die Knie. »Es tut mir so leid«, flehte er mit tränenerstickter Stimme, »bitte, bitte vergebt mir.« Alle Kraft verließ ihn, er krümmte sich und sackte zusammen. Die Dorfbewohnerin schüttelte seine erschlaffenden Arme ab und zog den Jungen zu sich. Beide wichen einen Meter zurück und betrachteten mit Entsetzen, wie Padre Perez, der geschätzte Beschützer ihrer Gemeinde, wie ein Kind schluchzte und in den nassen Sand fiel.

»Mama, was hat er denn?«, fragte der Junge, doch sie schwieg.

»Ich sagte doch, wir finden ihn am Meer«, zischte einer der Männer abfällig und rümpfte die Nase. »Ich habe es schon heute früh gesagt, als wir ihn nicht in seiner Kirche finden konnten. Der alte Mann ist bereits seit geraumer Zeit dem Wahnsinn anheimgefallen. Jetzt ist er endlich völlig verrückt geworden! Das können wir nicht länger dulden, sage ich euch! Und so jemand will unser Hirte sein. Zum Teufel mit ihm!«

Viele der Dorfbewohner murmelten zustimmend.

»Er ist verletzt.« Eine blonde Frau mit heller Haut kam auf den zitternden Padre zu und beugte sich zu ihm herab. »Seht nur, sein Bein. Er muss durch das Dickicht geirrt sein und sich an einem Zweig geschnitten haben. Bringen wir ihn ins Dorf zurück.«

»Lassen wir ihn einfach hier!«, ergriff der Zornige wieder das Wort und wandte sich der Gruppe zu. »Dann erledigt sich unser Problem ganz von selbst! Und du? Wer glaubst du, dass du bist, uns herumkommandieren zu können? Du bist bloß zu Gast in dieser Gegend, vergiss das nicht.«

Die Blonde ignorierte ihn und strich dem Padre über den Kopf. »Alles ist gut«, sagte sie in fürsorglichem Ton. »Die Monster sind fort. Du bist in Sicherheit.«

Padre Perez hob den Kopf, und ein schwaches Lächeln formte sich auf seinem tränenüberströmten Gesicht, seine Augen aber sahen durch sie hindurch, als sei er ganz woanders.

In der Ferne hinter den Dünen krähte ein Hahn, und ein Sonnenstrahl fiel auf das Haar der Frau, sodass es zu schimmern begann wie der Ozean bei Sonnenaufgang. Die Wolken hatten sich gelichtet. Der Sturm war vorüber.

»Zum Teufel mit ihm!«, brüllte der aufgebrachte Mann noch einmal, und die Mutter des Jungen fuhr ihn daraufhin scharf an: »Nun sei doch endlich still! Du bist es, der sich zum Teufel scheren sollte!«

Die Widerworte überraschten ihn, und er wich zurück. »E-spinosa! Stehst du etwa auf ihrer Seite?«

»Mama, den Teufel gibt es doch gar nicht«, flüsterte der Junge ängstlich und umklammerte ihr Bein. »Oder doch?«

Sie legte ihm den Arm um die Schultern und funkelte den wütenden Mann weiter böse an, während die Blonde zu ihrer Seite dem Padre auf die Füße half. »Wenn es einen Gott gibt, dann gibt es den Teufel auch«, sagte sie entschlossen. »Und

er hat viele Gesichter. Eines Tages wirst du das verstehen.«
Der Wind trug ihre Worte fort, und der weiße Sand zu ihren Füßen glitzerte wie ein endloser Teppich aus Kristall.

LAUF, FABI, LAUF!

Scherben. Das Glas der Taschenuhr war zersprungen und die Bewegungen der Zeiger nun nicht mehr als noch ein nervöses Zucken, ein letztes Aufbäumen der Mechanik, bevor diese vollständig erstarb.

Fabi hätte sich am liebsten selbst geohrfeigt. Seine wertvollste Erinnerung, das letzte Erbstück seines Großvaters – und er hatte sie unachtsam auf den Asphalt fallen lassen.

Keuchend kauerte er sich hinter dem Zaun zusammen, die Hände auf die Knie gestützt. Nur den Bruchteil einer Sekunde später preschten die Schläger auch schon mit ihrem kläffenden Köter auf der anderen Seite vorbei. Zwar erspähten sie ihn tatsächlich nicht, aber war es dieses Opfer wert gewesen? Hätten sie ihn erwischt, er wäre vielleicht wie früher mit lediglich ein paar Blutergüssen und der ein oder anderen gebrochenen Rippe davongekommen – dafür wäre die Uhr jetzt noch heil. Wenn er doch bloß nicht immer solche Angst hätte.

Nur ein paar Minuten zuvor hatte Fabi wie von Sinnen auf der Stelle kehrt gemacht und war in die andere Richtung getürmt, sobald der glatzköpfige Rädelsführer der Arschloch-Gang in seinem Blickfeld aufgetaucht war, mit dem Zeigefinger auf ihn gezeigt und »Schnappt ihn euch!« gerufen hatte. Der Köter, den die Kerle im Schlepptau hatten, hatte die

Zähne gefletscht, und schon waren sie ihm auf den Fersen gewesen.

Das Herz hatte in Fabis Brust gepocht, während er rannte, und als er den Zaun sah, wusste er instinktiv, dass er dort in Sicherheit sein würde. Doch noch ehe er in Richtung des schützenden Verstecks abbiegen konnte, hatte er bemerkt, dass das vertraute Gewicht in seiner linken Hosentasche plötzlich fort war, sich panisch umgesehen, die Gedanken rasend in seinem Kopf – und dann hatte er die grandios zerschellte Uhr nur einen Meter hinter sich auf dem Boden gesehen. So ein Mist! Mit dem Mut der Verzweiflung hatte er ein Stück zurückgesetzt, sich die Uhr geschnappt und war mit einem Hechtsprung hinter den Zaun geflüchtet.

»Wo ist er? Findet den kleinen Scheißer!« Die Schritte und das Keifen des Vierbeiners entfernten sich. Fabi war entkommen.

Als er nun aber auf die Überreste der Uhr starrte, drehte sich ihm der Magen um. Das Zucken des Sekundenzeigers war das letzte Lebenszeichen des verdammten Apparats – wie sich das kleine Ding mit letzter Kraft dazu zwingen wollte, mit seiner Aufgabe fortzufahren, obwohl es sich doch eingestehen musste, dass alles vorbei war, ließ sein Herz schwer werden.

Was sollte er Großmutter nur erzählen?

Ich habe mir nie viel erhofft, als dein Großvater krank wurde, wurde sie niemals müde zu sagen, *außer etwas mehr Zeit.* Deswegen hatte er auf die Uhr stets solche Acht gegeben. Und wie es nun aussah, hatte er mit Pauken und Trompeten versagt. Etwas mehr Zeit, etwas weniger Angst – in nur Sekundenbruchteilen entschied sich meist über Sieg oder Niederlage, das hatte er wieder einmal zu spüren bekommen.

Wenn er es doch nur noch einmal versuchen könnte! Das dachte Fabi, als er weiterhin hinter dem Zaun kauerte, beide Hände um die zerstörte Taschenuhr schloss, in die Knie ging und gegen seine Tränen ankämpfte.

*

Er wusste nicht, wie ihm geschah, aber auf einmal war der Zaun verschwunden, und Fabi schlenderte gemütlich die Straße hinunter. Wohin war er noch gleich unterwegs? Ach ja – seiner Großmutter die Illustrierte vom Kiosk um die Ecke besorgen. Natürlich! Er musste sich kurz Tagträumen hingegeben haben. Aus Gewohnheit trommelte Fabi beim Gehen mit beiden Händen gegen seine Hosentaschen. Rechts das Handy, links die Taschenuhr seines Großvaters, das Portemonnaie in der Gesäßtasche – alles da, wo es hingehörte. Er überlegte: Großmutter wurde zwar immer stinksauer, wenn sie ihn beim Rauchen erwischte, aber wenn er schon einmal am Kiosk war, dann könnte er sich ja auch ...

Der Gedanke starb, und Fabi erstarrte. An der Straßenecke vor ihm, keine hundert Meter entfernt, kamen plötzlich die fiesen Typen um die Ecke, drei an der Zahl, mit ihren kurzgeschorenen Haaren, den schweren, schwarzen Jacken und ihren genauso schweren Stiefeln. *Oh nein, bitte nicht die!* Er stoppte und starrte angsterfüllt nach vorn. Schweiß trat ihm auf die Stirn.

Der einzig wahre Glatzkopf, dessen nackte Kopfhaut bedrohlich in der Sonne funkelte – der Anführer der Truppe –, blieb ebenfalls stehen. Die Blicke der beiden trafen sich einen kurzen Moment, in dem die Zeit stillzustehen schien. Dann verzerrte sich das Gesicht des Kerls zu einer hasserfüllten

Fratze. Er reckte den Zeigefinger in Fabis Richtung und befahl seiner Legion ohne zu zögern auszurücken. »Schnappt ihn euch!«, hallte seine brutale Stimme durch die Gegend.

Etwas machte *klick* in Fabis Kopf. Kurz fiel sein Blick auf die gefletschten Zähne des verfluchten Köters, den diese Spinner immer dabeihatten, dann drehte er sich um und sprintete los. Diese Penner hatten ihm gerade noch gefehlt! Nicht einmal zum Kiosk um die Ecke konnte man gehen, ohne dass diese Arschlöcher ihr Revier verteidigen mussten. Das letzte Mal, als sie ihn erwischt hatten, hatten sie ihm zwei Rippen gebrochen.

Wie von Sinnen rannte Fabi und rannte. Hinter sich konnte er das Trampeln der Stiefel auf dem Asphalt und das bedrohliche Kläffen des Köters näherkommen hören. Waren diese massigen Typen etwa schneller als er? Sie durften ihn nicht kriegen, sie würden wieder nur kurzen Prozess mit ihm machen.

Die Fassaden der Häuser rasten an ihm vorbei. Wieso gab es in dieser verfluchten Gegend keinen Unterschlupf? Eine Seitenstraße, einen Hauseingang – irgendetwas! Schließlich sah er den Zaun. Sollte er etwa dahinter springen und sich vor den Schlägern verstecken? Eine Sekunde lang dachte Fabi über diese Option nach, doch dann verwarf er den Gedanken. Die Straße erstreckte sich schnurgerade hinter ihm, seine Verfolger würden sein Manöver in voller Pracht sehen können – und so dumm, dann an ihm vorbeizurennen, konnten ja selbst die nicht sein. Das Herz pochte wie wild in seiner Brust.

Also sprintete Fabi weiter, bog um noch ein, zwei Ecken – und plötzlich war es vorbei. Nur ein paar Meter vor ihm endete die Abzweigung, in der er sich befand, in einer steilen Betonwand, vor der eine umgestürzte Mülltonne lag.

Sackgasse. Das konnte doch nicht wahr sein! Er blieb stehen, und als er die Schritte und das manische Bellen hinter sich um die Ecke kommen hörte, schloss er die Augen und schluckte. Ein kalter Schauer kroch ihm über den Rücken.

»Da ist der Bastard!«, stellte einer der Vasallen des Oberglatzkopfs triumphierend fest.

»Hey, Bastard!«, rief nun auch der Anführer freudig erregt, und obwohl Fabi seinen Verfolgern noch immer den Rücken zugekehrt hatte, konnte er das dümmliche Grinsen des Typen in seinem Nacken spüren. Seine Hand fuhr instinktiv in Richtung der Uhr in seiner Hosentasche.

»Sperrgebiet«, rülpste der Schurke, »das weißt du doch noch, Kleiner, oder? Erinnerst du dich nicht, was wir das letzte Mal mit dir gemacht haben, als du uns in die Quere gekommen bist? Tut's noch weh?«

Bibbernd drehte Fabi sich um und hob abwehrend die Hände. Den funkelnden, vorfreudigen Blicken des Trupps versuchte er auszuweichen und sah lieber beschämt zu Boden. »Hört zu, Leute, wir können doch über alles reden, nicht wahr? Ihr müsst das nicht tun. Ihr seid doch zivilisierte —«

»Fresse halten!«, schimpfte der Koloss und kam einen Schritt auf Fabi zu. Der Köter zu seinen Füßen bekam sich gar nicht mehr ein vor hysterischem Kläffen, und kleine Schaumtropfen flogen ihm von den Lefzen in alle Richtungen. »Wir verpassen dir die gleiche Abreibung wie immer. Vielleicht verstehst du dann bald, dass mickrige Zecken wie du in dieser Gegend nichts verloren haben.«

Fabi kapitulierte. Wieder lähmte die Angst seine Glieder, und er blieb wie angewurzelt stehen. Beinahe konnte er tatsächlich ein Stechen in der Seite spüren — nicht, weil er gerannt war, sondern das Gefühl schien die bloße Erinnerung an seine damaligen Verletzungen zu sein. Ein phantomartiges Schmerzgedächtnis, wie entzückend. Wenigstens gab es so keine Überraschungen, die seine wiederholte Niederlage noch unangenehmer werden ließen – Schmerzen kannte er gut.

Gerade wollte Fabi dazu ansetzen, so etwas wie letzte Worte zu formulieren, da war einer der Unterlinge auch schon vor ihm. Die erste Faust traf seine Brust, eine zweite seinen Kiefer. Metallischer Geschmack trat ihm auf die Zunge, und der Himmel über ihm, dicht eingerahmt von den grauen Plattenbaudächern, drehte sich im Kreis.

Ehe Fabi sich's versah, saß er auf dem Boden und spuckte Blut auf den Asphalt. Automatisch wanderten seine Finger wieder zur Uhr, ruhten dort einen Moment – dann zog er das geliebte Erinnerungsstück aus der Tasche. Warum, wusste er selbst nicht genau.

»Was hast du da?«, keifte der Gigant, der ihn gerade umgenietet hatte und nun misstrauisch auf ihn herabstarrte, bevor er aufgeschreckt schrie: »Leute, der hat 'ne Knarre!« Mit einem ungelenken, aber heftigen Tritt kickte er Fabi das glänzende Ding aus der Hand. Die Erschütterung fuhr diesem durch den ganzen Körper, und alles, woran er noch denken konnte, war: »Oh nein – nicht Opas Uhr«.

Es gab ein Klirren, als sie ein paar Meter neben ihm in tausend Teile zerschellte. Und sofort darauf kam ein schwerer Stiefel direkt auf seine Stirn zu.

*

Wieder schlenderte Fabi die Straße entlang. Er war guter Dinge. Das Maiwetter war angenehm, und seine Großmutter, bei der er seit dem Tod seiner Eltern wohnte, war ihm heute einmal nicht so sehr auf den Wecker gefallen wie üblich – weswegen er sich auch dazu bereit erklärt hatte, ihr einen Gefallen zu tun und an diesem Sonntag schnell zum Kiosk um die Ecke herunterzugehen, um ihr eine Zeitschrift und sich selbst bei dieser Gelegenheit eine Schachtel Kippen zu besorgen. Darüber hinaus war er schon länger nicht diesem brutalen Schlägertrupp, der die ganze Gegend terrorisierte, begegnet. Ob jemand die Vollidioten mittlerweile endlich hinter Gitter gebracht hatte? Das Leben war gut.

In seiner linken Hosentasche fühlte er das vertraute Gewicht der Taschenuhr seines Großvaters, welches ihn zusätzlich beruhigte. Dann aber kroch Fabi plötzlich ein Gedanke ins Bewusstsein: Hatte er nicht erst neulich so gute Laune gehabt? Oder viel eher: War er nicht vorhin schon einmal an genau derselben Kreuzung vorbeigekommen, die nun vor ihm lag? Ein Déjà-vu, wie es schien – eine Eingebung wie die gerade erlebte verwirrte ihn öfter mal. Er zuckte zusammen. Wo kam auf einmal dieses Pochen in seiner Stirn her?

Blitzartig flackerten Bilder vor Fabis geistigem Auge auf: ein Zaun, eine umgestürzte Mülltonne vor einer Betonwand, Stiefel, fliegende Schaumpartikel und Scherben. Scherben? Fabi hielt an und fummelte die Uhr seines Opas aus der Tasche. Er bemusterte sie einen Augenblick lang eindringlich. Das Sonnenlicht spiegelte sich fröhlich im Glas. War diese Uhr eigentlich jemals zerbrochen? Er konnte sich nicht richtig entsinnen, aber beinahe beschlich ihn so etwas wie eine Vision, dass er diese Uhr definitiv schon einmal in Einzelteilen gesehen hatte. Seltsam. Nach seiner Rückkehr würde er Großmutter danach fragen müssen. Möglicherweise war er ja einmal besoffen oder high nach Hause gekommen, die Uhr war unterwegs draufgegangen und wurde repariert, und er konnte sich einfach nicht mehr richtig daran erinnern. Aber wieso fiel ihm das gerade jetzt ein?

Jäh wurde Fabi aus seinen Gedanken gerissen, als er nur wenige Meter vor sich Gegröle vernahm. Das Herz rutschte ihm in die Hose: Direkt vor ihm waren wie aus dem Nichts drei grobschlächtige Typen in klobigen Stiefeln und ein kleiner sabbernder Köter aufgetaucht. Genau diese Kerle, die ihn schon einmal erwischt und ihm eine ordentliche Abreibung verpasst hatten. Nirgends konnte man vor denen sicher sein!

Auch jetzt hatte es nur Augenblicke gebraucht, sobald sie ihn erblickt hatten: Der Anführer der Gang, ein sonnenglänzender Glatzkopf, hatte ihm bereits einen finsteren Blick zugeworfen, den Finger in Fabis Richtung ausgestreckt und wütend »Schnappt ihn euch!« gebrüllt.

Schon beinahe instinktiv machte Fabi auf dem Absatz kehrt und rannte in die andere Richtung davon. Die Häuserfassaden rasten nur so an ihm vorbei. Dann war das Déjà-vu-Gefühl auf einmal wieder da, und Fabi erschauderte innerlich: Konnte es sein...? Nicht nur war ihm, als habe er die Typen erst vor Minuten schon einmal gesehen, nein, er war auch bereits vor ihnen weggelaufen. Und zwar: gerade eben! Die Erkenntnis traf ihn wie einen Schlag, sodass er beinahe stolperte und auf den heißen Asphalt stürzte. Wie war das möglich? Wieso erlebte er das Gleiche zwei Mal hintereinander? Geistesgegenwärtig zog er Großvaters Uhr aus seiner Tasche. *Die ihm der eine Hüne aus der Hand gekickt hatte und die in tausend Teile zerschellt war.* Jetzt wurde es Fabi so richtig warm. Es war an der Zeit für ein Experiment.

Er nahm tief Luft – und bremste ab.

Hinter ihm kam das Getrampel ebenfalls zum Stehen.

»Hey, Bastard!«, rief einer der Rüpel. »Was ist? Gibst du auf? Hast du spontan doch Lust auf eine ordentliche Tracht Prügel bekommen?«

Fabi wandte sich zu dem Trio um. Er durfte sich jetzt bloß nicht von seiner Angst überwältigen lassen, wenn er herausfinden wollte, ob an dem absurden Gedanken, der ihm soeben durch den Kopf gegangen war, etwas dran sein sollte.

Die Sonne stand im Zenit über den Vieren und brannte hemmungslos auf sie herab. Die Glatze des Alphatiers schimmerte bedrohlich. Der Köter zappelte, wie von der Tarantel gestochen, und trotz dessen Fülle hatte der Typ an der Leine sichtlich Not, das tollwütige Vieh zurückzuhalten.

»Na, ihr Schnuckel«, richtete Fabi das Wort an die Gang. Dummerweise zitterte seine Stimme viel zu stark, um es so locker klingen zu lassen, wie er es sich gewünscht hätte. »Das ist euer Stil, oder? Euch immer nur an Schwächeren zu vergreifen.«

»Hier ist Sperrgebiet«, knirschte der Chef unbeeindruckt. »Das haben wir dir mickrigem Würmchen doch neulich erst schriftlich gegeben! Für Zecken wie dich ist hier kein Platz. Also entweder verziehst du dich, oder du lebst mit den Konsequenzen.«

Wenn es denn überhaupt Konsequenzen gibt, dachte Fabi. Jetzt oder nie. Er streckte den Arm aus und hielt den Schlägern die Taschenuhr vor die dicken Nasen.

»Was hast du da?«, keifte der Rädelsführer. »Was ist das? Eine bescheuerte Uhr? Sag mal, willst du uns eigentlich verarschen?«

»Find's heraus«, erwiderte Fabi und merkte, wie seine Worte ein wenig fester zu werden schienen.

»Ich hau dir aufs Maul, da hilft dir auch deine dämliche

Uhr nix!« Einer der Sidekicks machte Anstalten, sich auf Fabi zuzubewegen, doch sein Boss pfiff ihn zurück.

»Nein«, sagte die Glatze bestimmt zu seinem Söldner. »Wo sind denn deine Manieren geblieben? Verkloppen ist heute mal nicht. Geben wir dem Jungen doch ein kleines bisschen Vorsprung.« Und dann, an Fabi gewandt: »Das eben war ja schon ganz gut – aber jetzt will ich sehen, wie schnell du *wirklich* rennen kannst.« Mit diesen Worten ging er in die Knie, zog den Köter zu sich und löste mit überraschend feinmotorischen Griffen den Haken von der Leine.

Fabi erstarrte, als die Panik von ihm Besitz ergriff.

Da schoss der Hund auch schon wie eine kläffende Kanonenkugel auf ihn zu, flog regelrecht über den Boden, die Zähne gebleckt, die Zunge heraushängend, begleitet von den feinen Schaumflocken, die in alle Richtungen davonstoben.

Nach nur dem Bruchteil einer Sekunde, innerhalb dessen Fabis Gedanken von »Okay, ich bin dann wohl tot« zu »Lauf! Lauf wieder los!« zu »Nein! Ich muss es riskieren« gesprungen waren, hob er den Arm, der die Uhr hielt, hoch über den Kopf – und schmetterte das Erbstück mit voller Wucht auf den Boden.

Der Apparat explodierte ob des Winkels und der kurzen Strecke regelrecht auf dem Asphalt, zersprang mit dem Klirrgeräusch des Todes in seine Einzelteile.

Sorry, Großvater, dachte Fabi.

Und spürte schließlich einen leichten Anflug von Entsetzen, als nichts passierte. Alles um ihn herum schien zwar wie eingefroren, aber das perplexe Staunen der drei Skinheads konnte er noch deutlich sehen, und den nur etwa zwei Meter vor ihnen in der Luft hängenden Hund auch, das Maul weit aufgerissen und voll blinder Wut. Jeden Moment würden sich die Zähne des Untiers in Fabis Fleisch bohren. Beinahe war er schon zu der Überzeugung gekommen, dass er oder die Uhr wohl nur zwei Extraleben besessen hatten und nun sein letztes Stündlein schlug, dann aber war mit einem Wisch wieder alles weg.

*

Als erwache er aus einem leichten Sekundenschlaf, fand Fabi sich blitzartig wieder die Straße hinunterschlendern, auf dem Weg zum Kiosk – Uhr, Geld und Handy in den Taschen – und schon voller Vorfreude auf eine wohlverdiente Zigarette, die er vor seiner Großmutter würde versteckt halten müssen.

Sofort blieb er stehen, zog hastig die Uhr ans Licht und atmete tief durch. Es war alles echt: Sobald er das liebe Erinnerungsstück über den Jordan wandern ließ, drehte sich die verfluchte Zeit zurück und beförderte ihn ein paar geschlagene Minuten in die Vergangenheit. So als wäre nichts gewesen! Die Erkenntnis schlug wie eine Woge über ihm zusammen, auch wenn er sich bei seiner letzten Zeitreise noch nicht richtig an den Sprung hatte erinnern können. Jetzt wurde ihm alles bewusst – es war einfach unglaublich.

»*Reset*«, flüsterte Fabi beeindruckt. Es war, als hätte ihm sein Großvater eine Exit-Strategie vermacht, einen möglichen Ausweg aus brenzligen Situationen – wie zum Beispiel solche, in denen Fabis Angst überhandnahm und ihn zu Fehlentscheidungen veranlasste. *Ich habe unendlich viele Leben*, stellte er voller Ehrfurcht und beinahe taub vor Glück fest.

Leicht schwindelnd setzte er sich wieder in Bewegung. Bis zum Kiosk waren es noch zwei Blocks. Nun aber wusste Fabi, dass ihm in nur wenigen Augenblicken die Typen entgegenkommen und ohne lange zu fackeln die Jagd auf ihn eröffnen würden. Das musste er um jeden Preis verhindern.

Also machte er kehrt, lief ein Stückweit in die andere Richtung zurück und bog in eine Gasse ein, die er zuvor links liegen gelassen hatte. Dann würde er eben einen kleinen Umweg machen müssen und sich von der anderen Seite dem Kiosk nähern – dafür lief er so hoffentlich nicht den Glatzen in die Arme. Die enge Straße, vorbei an mit allerlei Ramsch zugestellten Hauseingängen und ungepflegten Vorgärten, erschien ihm fremd. Diesen Weg hatte er nie zuvor genommen. Aber Umkehren war keine Option: Wenn ihm seine Großeltern schon ein so mächtiges Werkzeug wie die Uhr an die Hand gegeben hatten, konnte er zumindest seiner Oma einen Gefallen tun und ihr eines ihrer geliebten Klatschblätter bringen – selbst, wenn er sich dafür in schlägerverseuchtes Sperrgebiet vorwagen musste.

In dieser Gegend kam es immer wieder zu – Wie nannte die Presse es noch gleich? – »Spannungen« zwischen den Angehörigen verschiedener Gruppen. Welch ein schönes Wort dafür, dass eine selbsternannte, stiefeltragende Nachbarschaftswache den ganzen Stadtteil terrorisierte und ihr Hobby des »Zeckenklatschens« zum Sport erhoben hatte. Erst wenige Wochen zuvor hatten Teile der Mannschaft den Treffpunkt von Fabi und seinen Freunden angezündet. Seitdem lebte Fabi in Angst und Schrecken und wusste, dass mit diesen Gestalten nicht zu spaßen war.

Aber heute kriegten sie ihn ausnahmsweise nicht! Fest entschlossen, seinem Schicksal ein Schnippchen zu schlagen, bog er um die nächste Ecke.

Und machte sofort wieder einen Satz zurück hinter die Mauer, hinter der er gerade hervorgekommen war. Fünfzehn, vielleicht zwanzig Meter entfernt von ihm stand ein ganzer Pulk von Stiefelträgern mitten auf der Straße, war fröhlich ins Gespräch vertieft und blockierte jegliches Durchkommen. Es waren mehr als zehn dieser Typen – eine nicht enden wollende Masse aus Stiefeln, Tattoos, Jeansjacken und Kurzhaarschnitten.

Fabi schimpfte innerlich. Hier konnte er nicht vorbei. Die Kerle kannten sein Gesicht.

Also kehrte er schnellen Schrittes zur Hauptstraße zurück. Es waren einige Minuten vergangen, und das wohlbekannte Trio musste die Stelle bereits passiert haben, also würden sie ihm nicht wie zuvor den Weg abschneiden können. Und siehe da: Fabi hatte recht. Weit und breit war niemand zu sehen, und auch das dauernde Kläffen des Köters war nirgends zu vernehmen. Ihm war, als kenne er einen kleinen Teil der Zukunft, und nun würde Fabi aktiv in den Lauf der Geschichte eingreifen können und seine Mission zu einem Abschluss bringen.

Kurz darauf erschien auch schon der Stadtteilkiosk am Horizont. Dessen Betreiber, Herr Demir, ein türkischstämmiger Mann, hatte ebenfalls bereits Bekanntschaft mit den Rüpeln machen müssen, wie Fabi von seinen Kollegen wusste – vorwiegend nachts, wenn diese randalierend durch die Gegend zogen, denn der Laden war rund um die Uhr geöffnet. Da es bei Herrn Demir aber das ausgesprochen billige Lieblingsbier der Trolle gab, ließen sie ihn meist halbwegs in Ruhe, und alle lebten in friedlicher Koexistenz Tür an Tür. Sollte sich gerade kein Stiefelmann zufälligerweise in den Kiosk verirrt haben, um Bier zu kaufen oder zu klauen, würde Fabi schnell seine Besorgungen erledigen können, flugs rein und wieder raus, und dann den Heimweg antreten.

Doch natürlich kam es ganz anders.

Durch die Fensterscheibe erkannte Fabi, dass der Späti-Mann mit einem der Brummer ins Gespräch vertieft war. Waren diese Kerle denn überall? Aus sicherer Entfernung beschloss Fabi zu warten, bis der Besucher den Kiosk verlassen würde – was hätte er auch sonst tun sollen. Also duckte er sich hinter einen Müllcontainer und lugte vorsichtig um die Ecke. Tatsächlich dauerte es nicht länger als ein paar Minuten, bis der Brummer ins Freie trat, sich zufrieden am Kopf kratzte, was auch immer er mit Herrn Demir zu besprechen gehabt hatte, und sich davonmachte.

Fabi schlich in den Laden. Eine kleine Glocke bimmelte, als er die Tür nach innen aufstieß.

»Ah, Fabien«, begrüßte der Kioskbesitzer ihn freundlich, sobald er Fabi erblickt hatte. »Welch angenehmer Besuch! Dringend nötig, heute auch mal ein nettes Gesicht zu sehen.«

»Herr Demir.« Fabi nickte zum Gruß. »Viel los heute?«

»Kann man wohl sagen«, antwortete Demir und fuhr sich durch den Bart. »Das Geschäft läuft nicht schlecht. Ich bleibe nur auf meinen Süßigkeiten sitzen. Willst du ein paar Gummischlangen?«

»Danke, nein«, murmelte Fabi, der bereits die überschaubare Auslage mit den Zeitschriften in Betracht genommen hatte. Er saß auf heißen Kohlen – jederzeit könnte einer der Brummer auftauchen und einen Disput vom Zaun brechen. Es galt keine Zeit zu verlieren.

Als er gefunden hatte, was er suchte, pflückte Fabi die Illustrierte, die seine Oma so mochte, aus dem Regal und wollte sich gerade umdrehen und zur Kasse gehen – da starrte ihn die Visage des Oberglatzkopfs durch die Scheibe an. Fabi erschauderte. Beinahe hatte er sich schon in Sicherheit wiegen wollen.

»Bastard! Was tust du hier?«, schnaubte der Protz.

Drei Optionen schossen Fabi durch den Kopf. Eins: rennen. Die Zeitschrift fallen lassen und durch die Tür türmen, auf und davon, nichts als weg. Zwei: sich unbeeindruckt zeigen. Ruhig zur Kasse gehen, bezahlen, den Ankömmling ignorieren – draußen konnte Fabi immer noch das Weite suchen. Drei: dem Typen die Stirn bieten, notfalls mit den Fäusten oder allem, was er hier so fand, um dem Kerl die Glatze zu polieren. Es juckte Fabi in den Fingern. Er hatte schließlich Extra-Leben, warum also nicht ein einziges Mal versuchen zu kämpfen? *Stell dich deiner Angst.*

Was hätte Großvater getan?

Klar: Option Nummer drei. *Wer nicht wagt …*

»Ich war gerade auf dem Weg zu deiner Mutter und dachte mir, ich bringe ihr noch ein nettes Geschenk mit«, plärrte Fabi dem Glatzkopf durchs Fenster entgegen und zog eine Grimasse. »Irgendwas Nettes zum Naschen!«

»Grundgütiger!«, entfuhr es Herrn Demir hinter der Theke.

Der kugelrunde Kopf des Gang-Leaders schwoll hochrot an. »Was hast du gerade gesagt?«, tobte er.

Ehe Fabi eine pointierte Antwort einfallen konnte, stürmte der Riese in den Laden. Die Glocke bimmelte, als ginge die Welt unter, so heftig riss er an der Tür. Er bäumte sich vor Fabi auf, war bestimmt zwei Köpfe größer und wölbte sich fast bis zur Decke.

»Du bist tot!«, grölte der Gigant.

»Du stinkst entsetzlich«, konterte Fabi. Und machte dann einen gekonnten Satz zur Seite, als sein Gegenüber einen

Fausthieb ansetzte, der Fabi bestimmt gegen die Wand geschmettert hätte, wäre er nicht ins Leere gegangen. Er staunte nicht schlecht über seine eigenen Reflexe.

»Bastard!«, keifte der Koloss.

»Menschenskinder!«, rief Herr Demir entsetzt.

Fabi machte einen Ausfallschritt und trat seinem Gegner mit voller Wucht gegen das Schienbein. Jenes war jedoch hart wie Eisen, und sofort schmerzte ihn sein nur mit leichten Sneakern beschuhter Fuß.

»Du Wurm!« Der Hüne packte Fabi von oben am Kragen seines Shirts und schleuderte ihn mit nur einem Arm gegen den Postkartenständer, der neben dem Eingang stand. Mit einem lauten Krachen fielen Fabi und der Ständer zu Boden. Karten regneten vom Himmel. Fabi keuchte und fasste sich mit zwei Fingern an die Schläfe. Dunkelrotes Blut tropfte ihm von der Stirn, aber wenigstens hatten ihm die aus Drähten gefertigten Fächer kein Auge ausgestochen. *Keine Angst, keine Angst, keine Angst ...*

»Mein Laden!«, jauchzte Herr Demir von der anderen Seite des Raumes. »Hört sofort auf damit, oder ich rufe die Polizei!«

»Halt den Rand, Kanake!«, zeterte der Glatzkopf und Speichelfäden sprühten hervor, als sei er der kläffende Köter, den seine Kumpanen wohl gerade an anderer Stelle im Zaum zu halten versuchten.

Fabi, der noch immer auf dem Boden kauerte, erblickte ein Schnapsregal vor sich und griff verzweifelt in die unterste Reihe nach einer besonders robust aussehenden Flasche, die er dem Brummerkönig über den Schädel ziehen wollte. Aber wie zum Teufel sollte er so hoch kommen?

Weitere Zeit zum Überlegen blieb ihm nicht, denn schon

bohrte sich ihm der Stiefel seines Feindes in den Magen, und Fabi schlitterte zwei Meter über die Fliesen. Die Flasche kullerte davon, er schrie voller Schmerz auf. Es hatte keinen Sinn: Fabi hatte keine Chance gegen den Mistkerl. Nicht die geringste. »Sprich dein letztes Gebet«, tönte dieser über ihm.

Mit zitternden Fingern fummelte Fabi die Uhr aus seiner Hosentasche. Er würde sich etwas anderes einfallen lassen müssen, Gegengewalt war keine Lösung – dafür war er zu hühnerbrüstig, zu klein und zu unerfahren. Er benötigte einen neuen Versuch. »*Reset*«, entwich es ihm zaghaft. Nur noch ein letztes Mal.

Doch der knurrende, vor Wut bebende Gigant packte ihn am Handgelenk. »Was ist das? Eine Uhr? Bist du blöd?« Und er entriss Fabi, dem vor Entsetzen die Luft wegblieb, den Apparat. »*Game over*«, verkündete die brutale Stimme des Typen, dann traf Fabi etwas am Kopf. Alles wurde schwarz.

※

Scherben. Das Glas der Taschenuhr war zersprungen und die Bewegungen der Zeiger nun nicht mehr als noch ein nervöses Zucken, ein letztes Aufbäumen der Mechanik, bevor diese vollständig erstarb.

Fabi riss die Augen auf. Sein ganzer Körper schmerzte, als sei er vor einen fahrenden Zug gesprungen. Aber durch den Tränenschleier, der sein Blickfeld verschwimmen ließ, erkannte er ganz deutlich, dass die Uhr nur einen Steinwurf von ihm entfernt auf dem Boden lag. In Einzelteilen. Als nächstes sah er Schuhe: die schweren Stiefel des Brummers und elegante, glänzende Herrenschuhe direkt daneben.

Fabi blickte auf.

Herr Demir stand eng an den Glatzkopf gepresst. Mit beiden Händen schwang er einen Baseballschläger, und der Glatzkopf rieb sich jammernd die Hand. Fabi jubelte innerlich. Er musste einen kurzen Moment weg gewesen sein, aber das Schicksal war ihm wieder zur Hilfe gekommen.

»Du verdammter Hund ...«, knirschte der Koloss.

Dann fuhr der Kiosk-Mann herum und schleuderte dem Dickwanst seine Waffe mit erstaunlicher Geschicklichkeit in die Seite.

Als der Getroffene zu Boden ging und sich vor Schmerzen krümmte, richtete Herr Demir das Wort an Fabi: »Heute noch nicht, mein Junge, heute noch nicht. Aber bald! Ganz gewiss. Ich bewundere deinen Mut!«

Fabi wollte sich aufraffen, wollte seinem Retter danken, aber sein Körper gehorchte ihm nicht mehr. Sein Verstand driftete ab, dann zerfaserte alles in kleine Fetzen.

✼

Fabi schlenderte die Straße entlang. Und blieb sofort stehen, um zu verschnaufen. Die Sonne knallte ihm unerbittlich auf den Kopf, sein Shirt klebte ihm schweißnass auf der Haut. Er ging in die Knie und versuchte, seine Gedanken zu ordnen.

Heute noch nicht, mein Junge?

Und Fabi beschloss: Er musste stärker werden, musste sich seiner Angst zu stellen lernen, es zumindest versuchen. Heute hatte er schon ordentlich vorgelegt. Es würde ein langer, steiniger Weg werden, dessen war Fabi sich sicher, aber er würde Schritt für Schritt, Stück für Stück an sich arbeiten und immer ein bisschen besser werden. Übung machte doch den Meister, oder? Und bevor man den Endgegner herausfordert, levelt man auf, richtig? Großvater hätte ihm sicherlich zugestimmt. Er hatte ihm doch die Kraft gegeben, das Beste aus sich herauszuholen.

Fabi vergewisserte sich, dass der Inhalt seiner Hosentaschen an Ort und Stelle war, drehte um und lief in die andere Richtung davon. Sollte er Großmutter einweihen, dass er das Geheimnis der Uhr gelüftet hatte? Wie sie wohl reagieren würde?

Fabis Handy vibrierte. Eine Textnachricht von Großmutter – gerade, als er über sie nachgedacht hatte:

»Männer im Haus. Verstecke mich, Polizei wurde gerufen. Komm NICHT her!«

Diese Schweine, dachte Fabi, knirschte mit den Zähnen und legte einen Zahn zu.

Als er schneller und schneller wurde, packte er sein Telefon zurück in die Tasche und zog stattdessen die Uhr hervor. Er hielt sie fest umklammert, als er schließlich in einen Sprint überging. Die Fassaden der Häuser rasten an ihm vorbei. Nur noch zwei Blocks.

Challenge accepted, ihr Trottel!

Er hatte keine Zeit zu verlieren.

ENDE?

DER DANDY UND SEIN HENKER

I

Riccardo musterte seinen massigen Oberkörper im Spiegel. Er spannte den Bizeps des rechten Arms an und freute sich, dass die schon lange im Verblassen begriffene Tätowierung darauf noch immer ihre Form veränderte. *Von den Muckis abgesehen siehst du aber ganz schön alt aus, mein Junge,* sagte er zerknirscht zu sich selbst, und der chinesische Drache auf seiner Haut nickte zustimmend. *Du hast ja recht,* ermahnte er die in mattem Rot und Grün schimmernde Zeichnung, *aber sei doch ein bisschen netter zu den älteren Generationen, du zu groß geratene Blindschleiche.*

Mit beiden Händen warf Riccardo sich einen Schwall kalten Wassers in Gesicht. Es schmeckte ekelhaft nach Chlor. Um einen angenehmeren Geschmack in den Mund zu bekommen, zückte er schnell eine Kippe und sein Zippo und entfachte den Stängel mit geübten Handgriffen. Im Bad zu rauchen war ein Luxus, *la dolce vita*, und die feinfühligen, intelligenten Rauchmelder, die er semi-legaler Weise schon vor Jahren abmontiert hatte, merkten es unten im Keller nicht einmal. *Dann verbrenn ich halt irgendwann, so what?* Wer würde ihn schon vermissen?

Riccardo fühlte etwas Warmes an seinen Schenkeln. Alfredo, der rotorange Perser, umgarnte seine Beine und vibrierte zum Gruße. Der Fellball war in Menschenjahren nochmals eine ganze Ecke älter als Riccardo selbst und praktisch blind, aber freute sich trotzdem, ihn zu sehen. »Jaa, Papi ist ja wieder zuhause«, begrüßte Riccardo den Kater nach unten geneigt, während er versuchte, ihn nicht mit der herabfallenden Asche zu treffen. »Einmal Lachsersatz aus Algen, kommt sofort.« Alfredo jauchzte. Hören konnte der Vierbeiner noch ausgezeichnet.

Riccardo trottete vom Bad ins Studio, der Zigarettenqualm zog Schlieren durch die Luft hinter ihm.

Der Kater war bald versorgt, aber was wollte denn der alte Mann heute zu Abend essen? Currywurst aus Algen war aktuell der Renner bei den Jüngeren, aber das war einem Gourmet wie Riccardo nach einem Tag wie diesem zu *tedesco* – oder zu *alman,* wie die Jüngeren zu anderen Dingen sagten –, also würde er sich, wie so oft, zwischen Algenlasagne oder seinen geschätzten Algenmedaillons entscheiden müssen. »Currywurst«, grummelte Riccardo abfällig in seinen akkurat gestutzten Bart. »Alfredo, stell dir vor. Da können die heutzutage alles Mögliche aus Algen machen, die edelsten Speisen überhaupt imitieren, und der Pöbel fordert Currywurst.« Wann hatte die Generation Z-3 das Genießen verlernt? Seitdem es kein Fleisch mehr gab?

Alfredo, völlig fasziniert von seinem Lachsersatz, schmatzte laut zur Antwort und röchelte ein bisschen.

»Verschluck dich nicht!«, rief Riccardo ihm zu, als er die Algenlasagne aus dem Tiefkühlfach zog, während der Ofen vorheizte. Lange würde es der Gute wahrscheinlich nicht mehr machen, und Perser gäbe es dann nicht mehr viele.

»Alt sind wir geworden, mein pelziger Freund«, seufzte Riccardo kurz darauf wehmütig, als er mit vollem Bauch und einem Glas Chianti vor der Fensterfront stand und seinen Blick über die nächtliche Stadt schweifen ließ. »Alt und träge. Und was da unten alles vor sich geht, das verstehen wir nicht mehr.«

Von allen Dingen verstand Riccardo am wenigsten, *wollte* nicht verstehen, warum die *ragazzi* ihn seit Jahren nicht mehr beachteten, gar wie Luft behandelten. Erst heute hatte er sich nach dem Büro wieder in eine der Bars gesetzt, sein Brightphone™ gezückt und sich auf die Lauer gelegt. Die Jungs um ihn herum hatten gelärmt, trotz der noch frühen Stunde ausgelassen gefeiert, viele waren zu dritt, zu viert, in Scharen im Room verschwunden – aber niemand hatte Riccardo aufgefordert, sich doch zu ihnen zu gesellen. Nach einer Stunde und zwei Whiskey Sour war er beschämt nach Hause gewankt.

In den goldenen Zwanzigern hatte er sich noch einer gewissen Beliebtheit erfreut, doch das war lange her.

»Ach, Alfredo«, schluchzte Riccardo zu den Klängen obskurer Ambient-Remixe von Otis Redding, die aus seiner Anlage krochen. »Ach, Alfredo. Wenn ich dich nicht hätte, ich wäre ganz allein.«

Der Kater rülpste zufrieden, nachdem er sein Festmahl beendet hatte, und das in einer Tour seit nun schon einer Stunde. Riccardo würde lüften müssen.

Als der Wein zur Neige ging, wechselte er wieder zum Whiskey über. Es war Wochenende, und wenn Riccardo auch nur ein wenig späten Schlaf finden wollte – ab einem gewissen Alter schlief man schließlich nicht mehr allzu gut –, musste er ein wenig nachhelfen. Dummerweise gehörte Riccardo zur Spezies der so genannten *sad drunks*.

»Verdammte *ragazzi!*«, zeterte er also schon bald, und selbst Alfredo hatte sich hinter der Couch verschanzt, um seinem Herrn in diesem Zustand nicht zu nahe zu kommen. »Arrogante, selbstgefällige *ragazzi!* Sie werden schon sehen, wenn sie erst in meinem Alter sind!« Dann musste er pinkeln. Also erhob Riccardo sich schwerfällig von seinem Armsessel und torkelte ins Badezimmer. Als er sich erleichtert hatte, fiel sein Blick wieder zum Spiegel. Umständlich befreite er sich aus seinem Hemd und posierte nun wieder vor der Scheibe, spannte die Muskeln an, der Drache tanzte, dann drehte und betrachtete Riccardo sich aus verschiedenen Winkeln. Aus allen sah es vernichtender Weise so aus, als sei sein Bauch ständig im Weg. Egal, wie sehr Riccardo Bizeps und Brustmuskeln spielen ließ, nur wenige Zentimeter darunter geriet alles aus den Fugen. »*Oddio, no!*«, rief er klagend und sank zu Boden, das Whiskeyglas noch in der Hand. »*Dio mio ...*«

Er kauerte eine Weile auf dem Badezimmerteppich und bemitleidete sich. Dann überlegte er einen Moment, ob er sich noch kurz die VR-Brille aufsetzen sollte, um ein nettes Betthupferl mit einem der tschechischen Boys zu starten, die gerade den Markt dominierten. Nein, gestand er sich ein, danach geht's dir nur noch mieser als ohnehin schon. Also trottete Riccardo ins Bett. Mit Alfredo auf den Beinen schluchzte er sich in oberflächlichen Schlaf.

II

Als Riccardo eines Morgens aus unruhigen Träumen erwachte ...

Nein. Von vorn.

Als Riccardo seltsam realistische Träume von spärlich bekleideten Twinks hatte, die ihn zu sich einluden, wachte er auf und musste mit Erschrecken feststellen, dass ...

»Hast du gerade versucht, Kafka zu zitieren?«

Ich fahre herum. Jacek, mein Mitbewohner, Teilzeitpartner und schärfster Kritiker, steht hinter mir und beugt sich neugierig über meine Schulter.

»Die Zukunftsgeschichte, hm?«

»Du sollst dich doch nicht immer so anschleichen«, fauche ich ihn an und versuche, den Monitor mit meinem Rücken zu verdecken. »Und: ja, die Zukunftsgeschichte. Das Setting steht, und die Hauptfigur habe ich, glaube ich, ganz gut charakterisiert. Aber der Plot macht mir Sorgen.«

»Bist du dir sicher, dass es dir nicht als irgendwie ... problematisch angekreidet werden wird, einen alternden italienischen Schwulen zu deinem Prota zu machen, der rumjammert, dass er keine blutjungen Kerle mehr in die Kiste kriegt? Und der noch dazu ständig total *cringes* Italienisch spricht?«

»Ich ... Ich ...«

»Das Schlimmste aber: ein Drachen-Tattoo? Alter, wie *lame* ist das denn?« Er lacht laut los.

»Lass mich doch erst mal weitermachen«, verteidige ich mich und schiebe Jacek freundlich, aber bestimmt in Richtung Tür.

»Jau, entschuldige. Du machst das schon. Immerhin: Alfredo ist süß.«

Ich schlage ihm die Tür vor der Nase zu.

III

In seinem mehr als unruhigen Schlaf begegnete Riccardo einem jungen Mann.

Der braungebrannte, durchtrainierte Typ hatte sich die pechschwarzen Haare zurückgegelt und blickte Riccardo freudig mit seinem makellosen, absolut symmetrischen Lächeln an.

Riccardo wurde warm ums Herz, und er wollte dem Mann gern näherkommen, die Arme um ihn legen, *eins mit ihm werden*, da stieß der Unbekannte ihn forsch von sich und rief: »Verschwinde, du geiler, alter Bock!«

Riccardo stieß einen heftigen Schrei aus und war plötzlich hellwach. Das Bettlaken klebte ihm nass an der Brust. Er kannte den Mann gut, sogar sehr gut, hatte ihn unzählige Male im Badezimmerspiegel gesehen. Der Mann war er selbst.

»Alfredo, ach, Alfredo«, wimmerte Riccardo und kraulte den Kater, der sich zu Tode erschrocken hatte und aufgebracht zischte. »Das geht so nicht weiter. Es muss etwas unternommen werden!« Aber wie sollte er jemals an frühere Glanzzeiten anknüpfen können? Er würde niemals wieder der Mann aus seinem Traum werden.

Die Menschheit hatte in den vergangenen Jahrzehnten zwar vieles zustande bekommen, aber noch immer kein Mittel gegen das Älterwerden gefunden. Ewiges »Leben« war zwar in gewisser Weise möglich, indem man Teile seines Bewusstseins transzendieren ließ oder Zellen einfror, aber ewige Jugend blieb weiterhin der vielleicht letzte, größte und unerreichte Wunsch, welchen zu erfüllen bislang noch niemandem gelungen war. Wenn Riccardo in der Bahn alte Paare erblickte, die augenscheinlich seit Dekaden zusammen sein mussten und sich doch immer noch einander mit Würde, Respekt und, ja, Liebe behandelten, wurde ihm das Herz schwer. Diese Menschen konnten auch im Verfall noch begehren, in gewisser Weise blieben sie also tatsächlich für immer jung. Ihm aber – und den meisten von seinesgleichen – blieb ein solches Happy End verwehrt.

Vielleicht würde es eines Tages möglich sein, den Alterungsprozess zu verlangsamen? *Genetic Engineering* war ein Begriff, der Riccardo geläufig schien, auch wenn ihm die genauen wissenschaftlichen Zusammenhänge böhmische Dörfer waren. Irgendwas mit Molekularbiologie musste es doch sein? Zellen vorm Verkümmern bewahren? Hatte er nicht einmal nachts betrunken nach Somatrotopin gegoogelt, um sich wieder in Form zu bringen? »Oh, Alfredo, wäre ich nur ein Jahrhundert später geboren, vielleicht könnte man mich noch retten ...«

Der Kater wirkte desinteressiert. *Du hast es gut, alter Freund*, beneidete Riccardo ihn im Geiste, *du hast mit deinem Leben abgeschlossen und bist sogar mit falschen Fischen zufrieden.* Er wünschte, er wäre so genügsam.

Aber Riccardo war nicht genügsam. Wie auch? *Womit* sollte er sich denn zufriedengeben? Trotz seines fortgeschrittenen Alters hielt er sich so gut wie möglich in Schuss, folgte einer strengen Fitness-Routine und investierte viel darin, für die Community relevant zu bleiben. Seine Falten waren weggespritzt, seine Lippen voll und rosig, die Wangenknochen angehoben, und das noch immer dichte Haupthaar transplantiert. Trotzdem sah ihn niemand mehr an! Was sollte er denn *noch* tun?

»Am liebsten würde ich meinen ganzen Körper umtauschen, Alfredo. Es darf dasselbe Produkt sein, aber ein brandneues Modell. Denkst du nicht auch, dass so etwas geht?«

Alfredo gähnte. Immerhin war er nun schon seit ein paar geschlagenen Minuten wach.

Schließlich wurde Riccardo vom Kampfgeist gepackt. Bestimmt gab es Mittel und Wege, die er noch nicht in Betracht gezogen hatte oder die ihm bislang gänzlich unbekannt waren. Vielleicht müsste er nur lange und akribisch genug das Darknet durchforsten? Er knackte mit den Knöcheln, angelte sein Tablet vom Nachttisch, positionierte es auf der Bettdecke und surfte los.

IV

»Das Bildnis des Dorian Gay?« Jacek bricht in schallendes Gelächter aus. »Entschuldige! *I'm so, so sorry!*«

»Was zum Teufel tust du schon wieder hier?«

»Ich schaue meinem Schatz eben gern über die Schulter.« Er legt mir von hinten die Hände auf die Schultern und atmet mir in den Nacken, was mich elektrisiert. »Armer Kerl, dein Riccardo. Wäre gern Benjamin Button. Was wird ihn retten? Bastelt er sich einen neuen Body aus dem 3D-Drucker?«

»Vielleicht«, sage ich und kaue nachdenklich auf der Kappe eines Filzstifts herum – auch, um mich von Jaceks Nähe abzulenken und auf die Arbeit konzentrieren zu können. »Ich bin mir noch nicht sicher. Er hat vieles getan. Machen lassen. Ist richtig *geupgradet*. Aber optimiert?«

»Wahrscheinlich ist er superheiß, und bloß die Typen in seiner Stadt sind abgehobene Snobs«, wendet Jacek ein und streichelt mich hinter den Ohren. Am liebsten würde ich ihn wieder fortjagen. Ich habe schließlich eine Deadline einzuhalten!

»Ich denke nicht«, gebe ich ihm zu verstehen. »*Anyway – the show must go on!*«

V

Tage vergingen, schließlich weitere Jahre. Riccardo stand jeden Morgen auf, trainierte, ging arbeiten, dann trinken. Zwar verdiente er durch die bloße Routine und ständige Wiederholung gutes Geld, aber mit jedem darüber hinaus verschwendeten Tag schien sein Glanz ein kleines bisschen mehr zu schwinden, bis schließlich nichts mehr außer bloß schwach glimmenden Resten übrig war – Erinnerungen, die von einer längst vergangenen Zeit sprachen.

Eines Abends, nochmal eine Weile später und nachdem die Prozedur, für die er so eifrig gespart hatte, überstanden war, gab er sich schließlich wieder einem ausgedehnten Solo-Gelage hin. Es ging ihm dreckig.

Dabei hatte er doch sein ganzes Vermögen der letzten Zeit in die mit Abstand erfolgversprechendste Generalüberholung investiert, die er in jener alkoholschwangeren Nacht hatte finden können! Die *Fountain of Youth Corporation* hatte perfide damit geworben, den biologischen Alterungsprozess abwenden zu können und imstande zu sein, den Werkszustand männlicher Körper »*in their prime*« wiederherzustellen – normschön, ästhetisch, markttauglich. Die Reviews des Unternehmens waren verlockend gewesen und hatten keinerlei Zweifel zugelassen, und die Fotos, die sie auf ihrer Website präsentierten, ließen Riccardo abwechselnd in Melancholie verfallen und das Wasser im Munde zusammenlaufen. Jetzt wusste er es besser, aber es war zu spät. Er war diesen Aasgeiern auf den Leim gegangen.

»Genau nach so erbärmlichen Opfern wie dir haben die Ausschau gehalten, du Depp«, maßregelte Alfredo ihn an diesem Abend dreist. Seit einigen Monaten hatte der Perser, der sich mysteriöserweise noch immer bester Gesundheit erfreute, einen Chip in sein Hirn implantiert, der ihn seine Gedanken mit einer unglaublich nervigen Roboterstimme verbalisieren ließ. Es war nicht viel Zeit vergangen, und Riccardo und sein treuer Begleiter waren keine Freunde mehr gewesen. Denn seit Riccardo wusste, was das Biest wirklich dachte, konnte er es auf den Tod nicht mehr ausstehen. »Und jetzt kraule meinen Bauch mit deinen tattrigen Wurstfingern, Untertan!«, fuhr der Fellball süffisant fort. »Übrigens ist die Lachslasagne schon wieder alle. Muss ich denn alles allein machen? Was kannst du *überhaupt?*«

Riccardo stand vor dem Spiegel, leicht schwankend. Seit der punktuellen Fettabsaugung und der Implantation des Silikon-Sixpacks konnte er sich kaum noch gerade halten, selbst wenn er nüchtern war. Der zunehmende Alkoholismus machte es nur noch schlimmer, Riccardos Rücken war nunmehr nichts als Schrott. Seine am ganzen Körper gestraffte Haut spannte und schmerzte bei jeder Bewegung, der Drache sah nun völlig verzogen und auch ein bisschen irre aus und trug einen Gesichtsausdruck, als würde er seinen Herrn entweder bemitleiden, auslachen oder sich inbrünstig für ihn schämen.

»Haltet die Klappe, alle beide!«, fluchte Riccardo zornig.

Er wollte sich an der Badezimmerwand abstützen, aber nun war ihm nicht länger sein Bauch, sondern sein gigantischer, durch eine Prothese aus dem 3D-Drucker abnormal verlängerter Penis im Weg. Egal, in welche Richtung Riccardo sein Gemächt zur Seite schieben wollte, sich ganz an die Wand zu pressen gelang ihm nicht mehr.

»Derart ausgeleierte Ärsche, dass du damit noch irgendwo reinpasst, haben selbst die verhurtesten *ragazzi* nicht, Idiot!«, kommentierte Alfredo manisch lachend aus seiner Ecke. Der Kater drückte sich nie sonderlich gewählt aus.

Riccardo wollte einen Schuh nach ihm werfen, konnte sich aber kaum bücken, um einen auszuziehen. Stattdessen ließ er sich auf den Toilettensitz fallen, was jedoch mit den aufgeblasenen Pobacken, die nun seine Rückseite zierten, auch nicht sonderlich bequem war. Grimmig zog er sein Brightphone™ aus der Bademanteltasche. Keine *Finder*-Matches, und auf den anderen, weniger vornehmen Apps hatte ihn beinahe die ganze Stadt blockiert. Diejenigen, die noch zurückschrieben, beleidigten ihn bis aufs Blut. Riccardo versuchte sich einzureden, dass er mittlerweile mit diesem Feedback zu leben gelernt und die Eingriffe doch in erster Linie für sich selbst hatte vornehmen lassen.

»Einen Scheiß hast du!«, plärrte Alfredo gut gelaunt. Wieder hatte er Riccardos Gedanken gelesen – eine Fähigkeit, die Katzen schon immer besaßen, wie er vehement behauptete. »Wenn du dich selbst lieben würdest, hättest du den ganzen Mist niemals nötig gehabt. Aber *Tiere* wie ihr wissen ja nur etwas auf sich zu halten, wenn sie von anderen bewundert werden und überall ihr Erbgut verteilen dürfen. Ist nicht mal logisch bei dir. Sieh mich an, Mensch – ich liebe mich selbst! Aber ich bin ja auch schließlich perfekt! *Picobello!*« Der Kater bekam einen weiteren Lachflash und krakeelte dann munter weiter (irgendetwas von wegen so viel Lasagne, wie er wollte, ganz ohne Skrupel), aber der schluchzende Riccardo hörte ihm schon gar nicht mehr zu, sondern dachte, der Panik nahe, angestrengt nach.

Ob er wohl seine Samen einfrieren sollte, um vielleicht eines Tages mit einer geeigneten *surrogate mother* einen Nachkommen zu zeugen, in den er dann seinen Geist transzendieren konnte? Und von vorne anfangen? Bestimmt gab es in vielleicht zwei Jahrzehnten tatsächlich eine genügend erforschte und geprüfte Möglichkeit, den Verfall aufzuhalten, fürwahr auf ewig schön zu bleiben, die Community hätte sich ganz bestimmt moralisch gewandelt, und Riccardo könnte endlich wieder …

»Lasagne! *Pronto!*«, keifte der Perser.

VI

»Alter. Das ist unfassbar böse«, befindet Jacek, sobald er mein Manuskript beendet hat.

»Mhm«, mache ich nur und ziehe an meiner Kippe. »Vor Jahren durfte Satire so was mal. Aber ob das wirklich jemand veröffentlichen will?«

DAS FLATTERN

Das Ticken der verfluchten Uhr machte es Nat unmöglich, Schlaf zu finden, dabei war er hundemüde. Die Wände des engen, muffig riechenden Schlafzimmers mit den zwei viel zu nah beieinanderstehenden Betten schienen näher zu kommen – nicht, weil man das manchmal so sagt, sondern *tatsächlich* –, und er fühlte sich wirklich und wahrhaftig eingesperrt.

Schmerzerfüllt dachte Nat an heute Morgen zurück, als der Austin 1100 seiner Mutter, silbrigen Staub aufwirbelnd, durch die Tore des Geländes verschwunden war. Nur eine zögerliche Umarmung hatte sie ihm zum Abschied geschenkt, Blickkontakt vermeidend, und dabei herzzerreißend geseufzt. Dann war sie geradezu stürmisch geflohen.

Miss Rosebottom war bloß fünfzehn Jahre älter als ihr Sohn, und allen Widrigkeiten zum Trotz hatten die beiden immer ein ungeheuer intensives, bisweilen ebenbürtiges Verhältnis gehabt, das sein Aufwachsen von dem der meisten seiner ehemaligen Freunde unterschied, die in behüteteren und konventionelleren Elternhäusern großgeworden waren. Seine Mutter – oder Elaine, wie er sie beim Vornamen zu nennen pflegte – fortan bloß alle drei Monate sehen zu können, ließ Nats Herz schwer werden. Aber er wusste auch: Die Last auf ihren noch so jungen Schultern war immer schwerer und schwerer geworden, bis sie das Gewicht schließlich nicht länger hatte allein tragen können. Hier war er also nun: in der, wie sie sagte, besten Boarding School, die sich die alleinerziehende Elaine Rosebottom im Sussex des Jahres 1965 für ihren einzigen Sohn leisten konnte.

»Wir sind keine Elite, mein Junge«, wurde Nat von Principal Chapman beim ersten Rundgang, der ihn zum Schluss in sein eigenes Zimmer führte, unterrichtet. »Bild dir also bloß nichts ein. Trotzdem werden wir es schon schaffen, aus einem Bastard und Taugenichts wie dir einen feinen jungen Herrn zu machen.« Als ob ich irgendein dahergelaufenes Problemkind bin, dachte Nat mürrisch. Was konnte er dafür, dass Elaine ein geradezu beunruhigendes Talent dafür hatte, ausnahmslos an die falschen Männer, meist Feiglinge und Trunkenbolde, zu geraten? Dem Zustand der Wände nach zu urteilen, glaubte er dem seltsamen, immer ein bisschen gekrümmt gehenden Schuldirektor aber sofort, dass der Großteil der Internatsschüler nicht aus den vornehmsten Familien stammte, und daher wohl auch das Geld, das in dieser Schule steckte, nicht im Überfluss vorhanden war.

Nat ließ sich auf die steinharte Matratze seines Bettes auf der linken Seite des Zimmers fallen und fuhr sich durch das rotblonde Haar. Ja, ein bisschen Schlaf würde ihm guttun. Wenn doch nur dieses verdammte Ticken nicht wäre.

Gerade als er das Gefühl bekam, endlich wegzudämmern, hörte er, wie jemand ruckartig die Zimmertür aufriss und freudig erregt aufschrie. Nat drehte sich zur Wand – den anderen Insassen dieses Gefängnisses könne er sich auch später noch vorstellen, wenn er denn wollte. Aber der Eindringling ließ ihm keine Wahl, sondern packte Nat an den Beinen. »Frischfleisch!«, brüllte eine Jungenstimme.

»Kommt, kommt alle her! Der ist so neu, der trägt noch nicht mal seine Uniform!« Schritte hallten über den Flur.

»Lass mich!«, wehrte Nat sich und trat mit den Beinen, um die Hände des Kerls, bei dem es sich wohl oder übel um seinen Zimmergenossen handeln musste, abzuschütteln. Aber als er sich aufrichtete und die Augen aufriss, hatte sich schon eine Traube von Jungen in dem winzigen Zimmer versammelt. Eine Vielzahl von Gesichtern starrte Nat neugierig an.

»Name?«, forderte der Mitbewohner forsch – ein kleiner, untersetzter Kerl mit kurz geschorenem, pechschwarzem Haar. Seine Stimme klang quäkend und hoch.

»Nat. Und deiner?«

»Ich stelle hier die Fragen! Wann bist du angekommen?«

»Heute Morgen. Erst vor ein paar Stunden.«

»Vermisst du deine Mommy schon? Wir haben sie gesehen, vom Fenster aus. Heißer Feger!« Einige der Jungs kicherten, und ein großer, dürrer aus der letzten Reihe griff sich mit beiden Händen an die Brust und formte die Lippen zu einem Kussmund.

Nat ignorierte den Kommentar, so gut er konnte. »Hör zu«, setzte er an, »ich will nur ein wenig schlafen. Gönnt mir doch ein kleines Weilchen, dann können wir ...«

»Du denkst, du kannst Ansprüche stellen, Neuer? Ich mache hier die Regeln, *jackass!* Aber nun gut, ich will kein Unmensch sein. In einer Stunde unten, auf der Rennbahn hinter dem Haus. Gnade dir Gott, wenn du nicht auftauchst – ich weiß, wo du wohnst!«

Es gab wieder lärmendes Getrampel über den Flur, dann war das Zimmer leer. Nat starrte entgeistert auf die offen gelassene Tür und seufzte. Das konnte ja heiter werden.

*

Als er, nachdem er vergeblich eine geschlagene Stunde lang versucht hatte, wenigstens ein winziges Nickerchen zu halten, verspannt an der Rennbahn aufschlug, hatten sich die Jungen zu deren Seiten aufgereiht, als wollten sie als Zuschauer einem Marathonlauf beiwohnen.

»Jesse, er ist da«, murmelte einer der Schüler, und der Gemeinte, Nats Mitbewohner, trat aus der Menge hervor.

»Da bist du ja! Ein Feigling bist du also schon mal nicht«, prahlte der Junge mit seiner hässlichen Stimme, was Nat, der eigentlich gute Miene zum bösen Spiel hatte machen wollen, ein wenig anwiderte. »Was dir bevorsteht, haben wir schon alle hinter uns, Neuer. Stimmt's, Leute?«

Nicken und zustimmendes Murmeln aus den Reihen.

»Was steht mir bevor?«, fragte Nat und sah Jesse fest in die Augen. Aufrechter Stand, Rücken gerade. *Gib ihnen bloß nicht das Gefühl, du könntest Angst vor ihnen haben.*

»Unser Willkommensgeschenk«, ätzte Jesse. »Ausziehen!«

»Wie bitte?«

»Hörst du nicht richtig? Ausziehen, habe ich gesagt! Bis auf die Unterhose.«

Nat sah den Widerling entgeistert an und beschloss, sich schlagfertig zu geben. »Hör zu, mein Lieber, wir teilen uns ein Zimmer. Wenn du also darauf bestehst, können wir es uns nachher ganz ungestört ein kleines bisschen gemütlich machen.«

Vereinzelt drang Kichern aus dem Pulk. Jesses Gesicht lief hochrot an, er blies die Backen auf. »Du bist nicht in der Position, Widerworte zu geben, Bastard! Ausziehen, sofort! Und dann runter, Liegestütze! Dabei beantwortest du uns dann unsere Fragen. So einfach ist das! Zuwiderhandlung wird bestraft, Rosebottom.« Er sprach den Namen aus wie mit einer Pinzette angefasst. »So will es das Gesetz.«

»Und wenn ich mich weigere?«

»Dann wirst du die Hölle auf Erden kennen lernen!«

Tu ihnen den Gefallen, meldete sich eine Stimme in Nats Kopf, und sie klang verdächtig nach Elaine. Er würde diesen Ort lange nicht verlassen können, warum also nicht ein bescheuertes kleines Aufnahmeritual, oder was auch immer diese bizarre Situation darstellen sollte, über sich ergehen lassen, und dafür auf lange Sicht vor dem Groll seiner Mitschüler gefeit sein? Was hatte er zu verlieren? Er wollte seiner vom Schicksal gebeutelten Mutter später nicht auch noch berichten müssen, dass er in der Schule, für die so ein großer Teil ihrer Ersparnisse draufging, zum *bullying victim* auserkoren worden war.

Missmutig knüpfte Nat sein Hemd auf. Erwartungsvolles Raunen wanderte durch die Menge.

»Braver Junge«, zwitscherte Jesse und leckte sich die Lippen.

Nat begann spätestens zu frösteln, als er sich aus seiner Leinenhose befreit hatte. Trotz dem Frühlingswetter schien plötzlich ein kühler Wind aufgezogen zu sein. Vielleicht war es aber auch bloß seine Nervosität? Um nicht länger nur mit Boxershorts bekleidet vor der gesamten Schulbelegschaft stehen zu müssen, beugte er sich schnell vorn über und begab sich in Stellung. Das lose Granulat knirschte unter seinen Fingern.

»Gut machst du das«, flötete Jesse. »Und jetzt los! Eins! Und! Zwei ...«

Nat tat wie ihm geheißen, ignorierte die arhythmisch gegebenen Kommandos aber bewusst – er wollte dem Kerl nicht mehr Genugtuung geben als nötig. Er war gut in Form. Wenn es sein musste, konnte er eine geschlagene Stunde Liegestütze machen. Bald würde es dem Mob schon langweilig werden.

»Name?«

»Nat.« Runter. »Rosebottom.« Hoch. »Aber das ...« Runter. »... weißt du doch schon.«

»Warum bist du hier, Nat?«

»Damit meine Mom ... in die Stadt ... ziehen kann. Sie wird ... in den Unterkünften ... der Fabrikarbeiter wohnen. Wenn sie ... genug Geld zusammen hat ..., wird sie mich ... wieder abholen kommen.«

Aus der Menge schrillten lüsterne Pfiffe hervor, als er seine Mutter erwähnte.

»So ist das also«, murmelte Jesse, der wie ein König über Nat thronte und auf ihn herabblickte. Das ganze Spiel schien ihm diabolischen Spaß zu bereiten. Plötzlich richtete er den Blick gen Himmel, als suchte er dort nach etwas. »Weißt du, was das Besondere an diesem Ort ist, Nat?«

»Du wirst es mir ... bestimmt gleich ... verraten.« Was sollte an dieser Schule besonders sein, außer dass die unausstehlichsten Nervensägen Englands hier zusammenzukommen schienen?

Langsam wurde Nats Atem schwerer. Hatte er sich doch überschätzt? Lange sollte diese dämliche Fragerunde hoffentlich nicht mehr dauern. Den Blick nach vorn gerichtet, konnte Nat nur weiße Socken und die klobigen, dreckigen Schuhe mancher der Jungen erkennen.

Flapp, gab es auf einmal ein Geräusch, irgendwo über ihm. *Flapp*. Wieder. Flügelschläge?

»In dieser Schule wurde niemals eingebrochen«, erklang Jesses Stimme wie aus weiter Ferne. »Nie ist ein Unglück geschehen, nie eine Krankheit ausgebrochen. Und obwohl hier keine reichen Schnösel wohnen, kommt der Principal über die Runden. Der Laden läuft und schreibt seine Erfolgsgeschichte unaufhörlich fort. Noch aus jedem seiner Insassen ist etwas geworden, selbst aus den Langsamen, den Schlägern und den Hoffnungslosen. Woran mag das wohl liegen, Nat?«

Nat keuchte, ließ das Kinn sinken. Der Boden kam auf seine Stirn zu und entfernte sich wieder. Ein Gefühl stieg in ihm auf, als hätte sein Körper sich verselbstständigt, bewegte sich ohne sein Zutun, und er müsse bis in alle Ewigkeit Liegestützen machen.

Flapp. Schon wieder.

»Du brauchst nicht weiter darüber nachdenken«, fuhr Jesse fort, als Nat kein Wort herausbrachte. »Sie sind bereits hier.«

Nat drückte die Arme durch und rastete einen Moment, stieß hechelnd den Atem aus. Das war's, er würde sich hinknien, aufstehen, und dem Typen ordentlich die Meinung —

Das flatternde Geräusch war nun direkt über ihm, wesentlich schneller, und schließlich durchfuhr ihn der kalte Schrecken.

Etwas *saß auf seinem Rücken*. Das merkwürdige Ding bohrte seine Krallen in Nat hinein, und er konnte den Schmerz spüren, als stächen ihn lange Nadeln direkt ins Fleisch. Er stieß einen erstickten Schrei aus, wollte sich hastig umdrehen, doch Jesses Stimme hielt ihn harsch davon ab: »Bleib, wo du bist! Brichst du die Zeremonie ab, wird es dich mehr als nur ein paar Kratzer kosten! Nämlich den Kopf!«

Wie auf Kommando ließen die Krallen von Nats Rücken ab, es flatterte wieder bedrohlich — und dann setzte das

Wesen sich tatsächlich auf seinen Kopf, zischte und fiepte wie ein Greifvogel und fuhr mit den Klauen durch seine Haare. Nat fühlte sich, als würde sein Gehirn zerspringen, und bemerkte, wie ihm ein dicker Tropfen von der Schläfe perlte. *Lieber Gott, lass es bloß Schweiß sein.*

»Eine letzte Frage, Rosebottom.« Die Säurestimme klang wie hinter einer Glasscheibe verborgen. »Wirst auch du dich deinem Schicksal fügen und alles in deiner Macht Stehende tun, um ein rechtschaffenes Mitglied unserer Gesellschaft zu werden und diese Schule in eine glorreiche Zukunft zu führen?«

Das hättest du wohl gern, ging es Nat durch den Kopf, aber solang dieses Ungeheuer es sich auf ebendiesem gemütlich gemacht hatte, wagte er es nicht, Paroli zu bieten. »Verdammt, wenn es sein muss«, brachte er zischend durch die zusammengebissenen Zähne hervor.

»*Attaboy*«, tönte Jesse anerkennend und klatschte dreimal in die Hände. Das Biest stolzierte ein paar Schritte auf Nats Hinterkopf herum wie ein Huhn, stieß sich dann ab – der Druck zertrümmerte ihm beinahe den Schädel – und schoss quiekend in die Höhe. Nat fiel der Länge nach auf die harte Rennbahn. Der explodierende Schmerz, als sich seine Nase in den Boden bohrte, fuhr wie eine Welle durch seinen ganzen Körper. Gleichzeitig brach tobender Applaus aus der Meute um ihn herum hervor.

Einen Moment war Nat benommen, dann aber gelang es ihm, sich aufzurichten und umzudrehen. Er stützte sich auf den Ellbogen ab, wischte sich hastig das frische Blut aus dem Gesicht und blickte angsterfüllt in die Wolken. Das Ungeheuer zog Kreise durch die Luft und schlug elegant mit seinen ledrigen Flügeln. Aus der Entfernung konnte Nat bloß spärlich Details erkennen, aber es schien sich um eine überaus große Fledermaus zu handeln, allerdings ohne Fell. Von dem kugelförmigen Kopf des Wesens standen rings um die spitzen Ohren mehrere hornartige Auswüchse ab. Es stieg höher und höher. Dann musste Nat schlucken – knapp unter der Wolkendecke zogen weitere Exemplare ihre Kreise. Es mussten Dutzende sein, die sich in einer Art schwebenden, wimmelnden Säule angeordnet hatten. Das Biest, das Nats Blut an den Krallen trug, gesellte sich zu seinen Artgenossen.

»Was sind das für Dinger?«, brüllte er an niemand Bestimmten gerichtet. Der Schock saß ihm noch immer in den Knochen, und er war schlichtweg froh, mit dem Leben davongekommen zu sein. Bisher.

»Die Boten«, erklang eine erwachsene Stimme hinter ihm. »Nenne sie Gargoyles, nenne sie die Gehörnten. Es spielt keine Rolle – wichtig ist nur, dass sie über uns wachen.« In der Schülerschaft öffnete sich eine Schneise, und Principal Chapman humpelte zum Vorschein. »Sie zeigen sich nur am Tage, wenn ein Neuankömmling diese Mauern betritt und um Aufnahme bittet.« Mit einer Mischung aus Melancholie und ehrlichem Stolz betrachtete er die fliegende Säule.

»Ich habe niemals um Aufnahme gebeten – wovon auch immer die Sprache ist!« Nats Augen füllten sich mit Tränen, und das nicht nur wegen seiner verletzten Nase.

»Es ist zu spät«, rief der Principal. »Sie haben bereits von deinem Blut gekostet. Von nun an werden sie auch über dich wachen, mein Sohn. Du bist zu Großem bestimmt. So wie wir *alle* zu Großem bestimmt sind.«

Ehe Nat etwas erwidern konnte, hatte sich Jesse breitbeinig vor ihm aufgebaut und grinste ihn hämisch an. »Wir werden eine wunderbare Zeit miteinander haben, Nat. Und sei unbesorgt: Meistens kommen sie nur nachts, um ihren Tribut zu fordern. Wenn du Glück hast, wirst du nichts davon spüren. Und frohlockst am nächsten Morgen, dass sie dir ein weiteres Jahr geschenkt haben. Dein Bettlaken wird die Zeichen tragen.«

»Gute Arbeit, Jesse«, lobte Chapman den Widerling, hob dann die Arme wie ein irrer Priester und adressierte die gesamte Menge: »Es ist vollbracht, meine Kinder! Ein weiteres Lamm hat sich unserer Gemeinschaft angeschlossen. Seid gut zu eurem neuen Bruder, auf dass die Boten uns geschlossen ins Licht führen werden. *Lux es tenebris!*«

Tosender Beifall erfüllte die Luft, Pfiffe und Jubel so laut, dass Nat die Ohren schmerzten. Dunkelrotes Blut troff ihm von der Nase auf die nackte Brust.

Elaine. Ich darf dich nicht enttäuschen. Du sollst doch stolz auf mich sein.

Jesse beugte sich zu ihm herunter, brachte sein Gesicht ganz nah an Nats. »Du hast es geschafft«, vernahm er die ätzende Säurestimme inmitten des Lärms. »Jetzt bist du endlich einer von uns.«

Und Nat fragte sich, ob er nun endlich würde schlafen dürfen.

ROBIN UND DIE WILDEN TEUFEL

»Seine Arme! Hast du seine Arme gesehen? Die sind dick wie Baumstämme. Der kann dir deinen Kopf zerquetschen wie eine Orange, wenn du dich mit ihm anlegst. Ich würde es nicht darauf ankommen lassen! Und diese Dicke mit dem Bart erst – der mächtigste Schnurrbart, den ich jemals gesehen habe. Die muss doch eine Werwölfin oder so was sein. Widerlich, aber sowas von cool! Und die chinesischen Zwillinge …«

»Die chinesischen Zwillinge waren *fake*, Robin«, ermahnte ich meinen aufgeregten kleinen Bruder, während ich lässig am Zaun lehnte und eine Selbstgedrehte rauchte. »Das waren zwei verschiedene Kinder, die sie in einen übergroßen Pullover gesteckt haben. Die hatten nicht wirklich zwei Köpfe. Sie sahen sich nicht einmal besonders ähnlich! Die dachten, wir bemerken das nicht.«

»Aber … Aber …« Robin verzog enttäuscht die Mundwinkel und starrte an mir empor.

»Lass deinem Bruder doch seinen Spaß!« Charlene gab mir einen freundschaftlichen Klaps auf den Arm und lachte. »Du musst nicht ständig den James Dean raushängen lassen.«

Ich verdrehte die Augen. Die Freakshow war in der Stadt, und so beeindruckend der *strongman* und die *bearded lady* auch sein mochten, das Meiste war bloß aufgeblasener Schabernack gewesen, nichts als ein Haufen Taschenspielertricks, mit denen man der einfältigen ländlichen Bevölkerung das knappe Geld aus der Tasche ziehen wollte. *Mit uns kann man's ja machen*, dachte ich. Für Robin waren die Vorführungen natürlich das Größte gewesen, aber der war auch erst zehn. Wenigstens hatte Charlene sich bereit erklärt, uns auf das Schaustellergelände zu begleiten. Sie trug an diesem Tag ein enganliegendes, weißes Hemd mit hochgekrempelten Ärmeln – ich konnte deutlich die Form ihrer Brüste unter dem Stoff erkennen. Hätte ich den Quälgeist nicht an der Backe gehabt, vielleicht wäre es ein Date geworden.

Diesen Gedanken hing ich weiter nach, als ich uns nach Hause fuhr. Den Schein besaß ich noch nicht lange, mein siebzehnter Geburtstag stand kurz bevor, und es fiel mir ohnehin schwer, mich auf die Straße zu konzentrieren. Dass Charlene sich neben mir auf dem Beifahrersitz räkelte, ließ mich beinahe den Verstand verlieren.

»Es hat Spaß gemacht mit euch zwei«, flötete sie und meinte es genauso, wie sie es sagte. »Wir sollten viel öfter etwas zusammen unternehmen!«

Das stimmte: Dafür, dass Charlene gegenüber wohnte und unsere Eltern eng miteinander befreundet waren, hingen wir nur noch selten ab. Zumindest war das so geworden, als wir ein gewisses Alter erreicht hatten.

»Wir haben Glück: Witzigerweise kommt nächste Woche schon wieder ein Jahrmarkt in die Stadt«, fuhr sie fort. »Diesmal soll er noch viel größer sein und Dutzende Attraktionen haben! Vielleicht wollen wir dort auch zusammen hingehen?«

»Ja!«, riefen Robin auf der Rückbank und ich gleichzeitig wie aus der Pistole geschossen. Charlene kicherte. Ich errötete.

»Dann ist es entschieden«, schmunzelte sie zufrieden. »Ich komme am Samstag vorbei.«

Ich bog in die Einfahrt meiner Eltern ein, und sie gab mir eine Umarmung, bevor sie über die Straße zum Haus ihrer Familie lief. Seufzend stieß ich die Fahrertür mit der Hüfte zu und kramte den Tabak aus meinen Hosentaschen. Meine Hände waren klamm.

»Charlene ist sooo nett«, jubelte Robin. »Nicht so wie du, Brian! Du bist ein Spielverderber!«

»Lass mich in Ruhe oder ich verkaufe dich an den Zirkus!«, brüllte ich, und er rannte lachend davon.

*

Der Sommer zeigte sich in Höchstform, die Luft flimmerte über dem Asphalt, und alles schwirrte von Insekten, als der sehnsüchtig erwartete Samstag endlich gekommen war. Ich stand im Unterhemd in der prallen Sonne und war damit beschäftigt, meinen Wagen mit dem Schlauch abzuspritzen, während Robin mit dem Hund über die Veranda tollte. Von Zeit zu Zeit genehmigte ich mir einen Schluck des gekühlten Eistees, den Mom für uns vorbereitet hatte. Es versprach ein guter Tag zu werden.

Pünktlich um zwei sah ich, wie Charlene aus der Haustür gegenüber gestürmt kam. Schon die ganze Zeit hatte ich verstohlene Blicke herübergeworfen und es kaum erwarten können, sie zu sehen. Vielleicht ließ sich Robin ja heute loswerden, wenn wir erst auf dem Jahrmarkt waren ...

Charlene hatte sich einen leichten Sonnenhut aufgesetzt, den sie beim Laufen mit einer Hand festhielt. Ihre blonden Haare schimmerten darunter im Licht. Der reisende Jahrmarkt sei gerade erst in der Nähe von Fort Lauderdale gewesen und mache nun noch einen weiteren Zwischenhalt im County, bevor er weiter gen Norden ziehen würde, verkündete sie aufgeregt, noch bevor sie auf unserer Straßenseite angekommen war. Es gäbe Achterbahnen und Karusselle, allerlei Süßigkeiten, eine furchterregende Geisterbahn und sogar ein Riesenrad. Ein paar ihrer Freundinnen seien Freitagabend nach dem Autokino bereits dort und hellauf begeistert gewesen. Warum sie nicht mit denen hatte gehen wollen, erkundigte ich mich, doch Charlene drehte sich bloß zur Seite und zwinkerte. »Weil es mit euch bestimmt viel, viel mehr Spaß macht!« Sie grinste, und ich merkte, wie mir das Hemd an der Brust kleben blieb.

Ich ließ Charlene und Robin ein paar Minuten mit dem Hund zurück, machte mich frisch und war dann sofort wieder zur Stelle, um uns alle auf den Jahrmarkt zu fahren. Robin fragte, ob er den Hund – Weevil, ein zotteliger Derwisch mit unglaublich schlechten Manieren – mitnehmen könne, und hatte schon die Tür zur Rückbank aufgerissen, doch ich konnte mich noch rechtzeitig in den Weg stellen, bevor das stinkende Vieh mein frisch poliertes Auto beschmutzen konnte.

»Weevil bleibt hier«, knurrte ich. »Erinnere dich, Robin. Wenn du mir auf die Nerven gehst, lasse ich dich auf dem Jahrmarkt zurück. Die haben bestimmt Verwendung für einen starken Kerl wie dich.«

Charlene lachte laut – Gott, ich liebte ihr Lachen – und nahm auf dem Beifahrersitz Platz.

*

Die Fahrt zum Jahrmarkt führte uns eine gute Weile durch die sonnenverbrannte Ödnis. Erst vor wenigen Wochen hatte ein Hurrikan verheerende Schäden angerichtet, deren letzte Spuren man noch immer an manchen Stellen erkennen konnte. Jahrmärkte, ging es mir durch den Kopf, brauchten Platz, und den hatten wir hier in Hülle und Fülle. Städter würden für einen entspannten Tag mit Spiel und Spaß weit ins Grüne fahren müssen, was bestimmt nicht viele taten, also machte es Sinn, dass schon wieder Schausteller ihr Lager in unserer Gegend aufgeschlagen hatten. Wenn das bedeutete, dass ich regelmäßiger Zeit mit Charlene verbringen konnte, sollte es mir nur recht sein.

Nach einer guten Stunde Fahrt konnten wir das Gelände vor uns erkennen. Es schälte sich aus der Wildnis wie ein Brandfleck im Stoff und war deutlich weitläufiger, als wir es von fahrenden Zirkusleuten gewöhnt waren. Robin drückte sich die Nase an der Fensterscheibe platt, als wir auf den Parkplatz einbogen, auf dem sich schon einige Wägen angesammelt hatten. »Juhu!«, kiekste er aufgeregt. »Wir sind endlich da!«

Ich stellte den Motor ab und suchte auf dem Armaturenbrett nach meinem Tabak, während Charlene ausstieg und ihre langen Haare in dem warmen Wind hielt, der über die Szenerie pfiff. »Es ist groß.« Sie nickte anerkennend, und die Krempe ihres Hutes wackelte. »Wir werden einen tollen Tag haben. Ganz bestimmt.«

Robin zupfte mir zeternd am Hosenbein, aber ich bestand darauf, nachdem auch ich ausgestiegen war, eine Zigarette zu rauchen, bevor wir das Gelände betreten würden. »Stell dich nicht so an, der Jahrmarkt läuft nicht weg«, knurrte ich.

Entspannt begaben wir uns kurz darauf zum Eingang. »Markt der wilden Teufel«, prangte in großen Lettern von einem riesigen Holzschild über unseren Köpfen.

»Teufel«, las Charlene vor und kicherte vorfreudig. »Jetzt bin ich noch gespannter als vorher.«

Direkt hinter dem Tor war ein Tickethäuschen aufgebaut, rostige Wellenbrecher lenkten die Besucher in die richtigen Bahnen. »Drei Eintrittskarten bitte«, sagte ich, nachdem ich zur Scheibe getreten war, und hielt drei Finger in die Höhe.

Jenseits der Scheibe saß ein kleines Männlein. Der Typ schien nicht mehr als einen Meter groß zu sein, und im Sitzen ragte sein irgendwie deformiert wirkender Kopf kaum über die Schwelle. So sah ich eigentlich nur seine trägen Augen, deren Brauen darüber in der Mitte zu einem einzigen buschigen Gestrüpp zusammengewachsen waren. Robin packte mich wieder am Bein.

»Drei!«, schrie der Zwerg erregt, wobei sein Kopf ein Stück nach oben schoss wie bei einem Kistenteufel. »Drei! Kommt sofort! Willkommen bei den wilden Teufeln, Sterbliche! Ihr, die ihr hier eintretet, lasset alle Langeweile und Mittelmäßigkeit fahren! Denn jetzt geht sie los, die wilde Fahrt!« Robins Griff um mein Hosenbein wurde fester, und Charlene hielt sich kichernd eine Hand vor den Mund.

Ich bezahlte, verteilte die Tickets, und sobald wir diese einem weiteren Angestellten, der glücklicherweise wesentlich alltäglicher aussah, vorgezeigt hatten, waren wir endlich auf dem Gelände angekommen. Ebenfalls erhalten hatten wir eine auf billigem Papier aufgedruckte Karte des Geländes, welches wirklich einiges zu bieten haben schien.

»Das kann ja heiter werden«, sagte ich wertungsfrei.

»Sterbliche? Was hat er damit gemeint, Brian?« Robin schien plötzlich nicht mehr so erpicht darauf, sich auf dem Markt der wilden Teufel zu befinden. Was sollte dieser Name überhaupt bedeuten?

»Er hat einen Witz gemacht, Robin«, schmunzelt Charlene und beugte sich zu ihm herunter. »Schließlich geht es um Teufel, hihi.«

Ich ließ meinen Blick umherschweifen. Wie nicht anders zu erwarten, waren viele Besucher zwischen den Ständen unterwegs, meist Familien mit Kindern in Robins Alter und jünger, der Kleidung nach zu urteilen keine vornehmen Städter, sondern einfache Leute, mittelständische Menschen wie du und ich. Ich konnte nichts Ungewöhnliches entdecken – von dem Ambiente an sich einmal abgesehen, denn die meisten Buden und Gebäude waren in einem dunklen Grau gestrichen, was ich für sonst doch meist knallbunte und mopsfidele Rummel irgendwie unpassend fand. Die Sonne brannte auf uns herab, von dem Wind war innerhalb der Mauern nichts mehr zu spüren, und alles war erfüllt von fröhlichem Stimmengewirr, den Rufen des Personals, die ihre jeweiligen Attraktionen anpriesen, und beschwingter Musik.

»Mach dir nicht in die Hosen«, zog ich Robin auf. »Was soll die Dame denn von dir denken? Also: Wo gehen wir zuerst hin?«

»Ich will einen Corndog!«, brüllte Robin, der sein anfängliches Unbehagen bereits vergessen zu haben schien. »Dann will ich Dosenwerfen und als Nächstes mit dem Kettenkarussell fahren! Worauf warten wir denn noch?«

Charlene lächelte mich an, und mir wurde noch heißer. »Ein guter Plan, findest du nicht? Und auf die Geisterbahn gehen wir Erwachsenen dann, wenn es ein wenig dunkler geworden ist.« Darauf konnte sie in Florida um diese Jahreszeit zwar lange warten, aber ich nickte mit einem vermutlich minderbemittelt wirkenden Grinsen. Hoffentlich hörte sie nie wieder auf, mich nach meiner Meinung zu fragen.

Die Schlange vor dem Imbiss war nicht sonderlich lang – vermutlich war es den meisten Besuchern zu heiß, um sich jetzt Frittiertes zu Gemüte zu führen. Der Mann, der die Corndogs aus dem Öl fischte, das in einem riesigen Bottich hinter seinem Rücken kochte, und an die Leute verkaufte, besaß einen ungepflegten, orangeroten Bart und hatte eine dicke Warze mitten auf der Stirn, bestimmt so groß wie mein Daumen. Außerdem schien er im Gegenzug zu dem Zwerg vom Einlass übermäßig groß zu sein.

Robin presste schüchtern die Lippen aufeinander, als er an der Reihe war.

»Na, mein Junge? Was darf's denn sein?«, flötete der Gigant mit einer viel zu hellen Stimme, die so gar nicht zu seinem grobschlächtigen Äußeren passen wollte. Er richtete zwar den Blick nach unten auf meinen Bruder, machte aber keinerlei Anstalten, sich auf seine Höhe herunterzubeugen.

»Ein ... einen Corndog«, stotterte Robin. Und fügte mit immer stärker zitternder Stimme hinzu: »B-bitte.«

»Geht gleich los!«, jubelte der Riese daraufhin, und das Öl hinter ihm zischte wie zum Crescendo. »Ein Corndog für unseren kleinen Freund! Ist es ein Hund oder ist es ein Maiskolben? Ein Hund im Maisfeld? Ein Flugzeug? Etwa die zarten Fingerchen deiner kleinen Spielkameraden? Völlig egal, denn brennen müssen sie *alle!*« Dann fuhr er hektisch herum und machte sich mit ausgelassenem Gelächter an seiner Fritteuse zu schaffen.

»Was hat er gerade gesagt?«, keuchte ich baff.

Charlene strahlte übers ganze Gesicht. »Diese Leute sind ulkig.«

»Dein Hund, mein Junge!«, brüllte der Mann, beugte sich dann doch über die Theke und hielt Robin den Snack vors Gesicht. »Lass es dir schmecken!« Dabei hatte er meinen Bruder mit den Augen fixiert, sein drittes Auge aber bohrte sich tief in meinen Blick.

Sein drittes Auge? Ich kniff meine zusammen und riss sie wieder auf. Nein, es war bloß die fette Warze auf seiner Stirn gewesen – für einen Moment war es mir vorgekommen, als sei an der Stelle ein Auge erschienen und hätte mich ins Visier genommen. Gott, die Sonne und Charlenes Nähe machten mir offenbar wirklich zu schaffen.

Robin kam zu uns zurückgelaufen und knabberte an dem Teig wie ein Hase. »Es schmeckt komisch«, jammerte er.

»Verbrenn dir nicht die Zunge«, knurrte ich nur und sah mich um. Ich musste irgendwo in den Schatten gelangen. Ein seltsames Gefühl stieg in mir auf: Irgendetwas schien mit diesem Ort und diesen Leuten nicht in Ordnung zu sein.

Charlenes Vorschlag, einen Cupcake zum Nachtisch zu essen, lehnte Robin ab – der Corndog klebte noch an seinen Zähnen und schmeckte nach Asche, moserte er –, und auf unserer Karte konnten wir keine Gelegenheit zum Dosenwerfen entdecken, also war nun das Kettenkarussell an der Reihe. Das bedeutete, ich würde zumindest ein paar Minuten haben, um mich ganz ungestört mit Charlene unterhalten zu können, wie ich hoffte. Endlich.

Unweit des Karussells, das wir schon von Weitem erkennen konnten, befand sich ein diesmal in einem etwas freundlicheren Hellgrau gehaltenes Zelt, das in aufgestickten Buchstaben eine Wahrsagerin anpries. »Brian!«, frohlockte Charlene, als wir daran vorbeikamen. »Wollen wir uns unsere Zukunft voraussagen lassen?«

Taschenspielertricks, ging es mir wieder durch den Kopf, aber gleichzeitig formte sich ein weiteres Bild: Charlene, wie sie sich neben mir in die Laken streckte. Sie trug nichts außer ihrem Höschen und Büstenhalter und malte mit dem Zeigefinger Kreise um meinen Bauchnabel. Dann leckte sie mir über ein Ohrläppchen und flüsterte meinen Namen.

»Wenn du willst«, brachte ich nur heraus und versuchte, die Schimären zu verdrängen.

Da Robin sich weigerte, in der Zwischenzeit allein zum Kettenkarussell zu gehen, musste ich ihm widerwillig erlauben, mit uns das Zelt zu betreten. Davor gab es keinerlei Schlange – die Wahrsagerin war wohl nicht besonders gut.

Im Innern wirkte das Zelt weitaus größer, als es von draußen den Anschein gehabt hatte, von der Decke hingen in verschiedenen Graustufen gefärbte Tücher, und es roch eigenartig. Die Wahrsagerin, eine Frau mit halblangen schwarzen Locken, die nicht viel älter aussah als wir, saß auf einem Schemel inmitten der Vorhänge und starrte uns ausdruckslos an, als wir eintraten. Ich staunte. Sie war recht hübsch, das musste ich zugeben. Aber kurioserweise trafen sich auch ihre Augenbrauen in der Mitte.

»Spieglein, Spieglein an der Wand, wer ist die Schönste in diesem Land?«, tuschelte Charlene hinter vorgehaltener Hand, nur um zu dem Schluss zu kommen: »Das bin dann wohl immer noch ich!« Und sie kicherte wie ein Kind.

»Hereinspaziert, Verehrteste, hereinspaziert«, richtete die Wahrsagerin das Wort an uns – oder viel mehr an Charlene. »Welch eine adrett gekleidete junge Dame! Sag, möchtest du wissen, ob dieser gutaussehende junge Mann der Richtige für dich ist?«

Ich spürte, wie ich rot wurde. Aber bevor ich etwas sagen konnte, kam Robin mir zuvor: »Das hätte der wohl gern!«

»Oh!« Die Frau riss ruckartig die Augen auf, so als sei ihr mein Bruder gerade erst aufgefallen. »Oh! Eine unschuldige Seele! Sag, mein Sohn, magst vielleicht du zuerst wissen, was das Leben für dich bereithält?« Ihre Art zu sprechen ging so gar nicht mit ihrem Erscheinungsbild zusammen – es wirkte, als wäre sie wesentlich älter.

»Was das Leben für mich bereithält? Hoffentlich etwas Anständiges zu essen.« Robin stocherte mit dem Fingernagel zwischen seinen Zähnen herum. »Aber gut. Was muss ich tun?«

»Nimm Platz zu meinen Füßen«, antwortete sie und deutete mit einer mit zahlreichen Ringen geschmückten Hand auf den Boden vor sich. Dieser war mit Stroh ausgelegt, es fühlte sich wahrhaftig nach Zirkuszelt an. »Im Schneidersitz, oder wie es dir am bequemsten ist.« Sie gaffte ihn an, als sei er ein schmackhaftes Festmahl. Ich blieb aufmerksam. Die Frau schien Charlene bereits vergessen zu haben.

»Warum hast du keine Kristallkugel?«, wollte Robin wissen, sobald er sich vor die Wahrsagerin gekniet hatte.

»Stell keine Fragen, mein Kind. Das verwirrt bloß deine Geister.«

»Meine Geister? Cool.«

Dann vollführte sie kreisende, ausladende Bewegungen mit beiden Armen und kam mit den Handflächen über Robins Kopf zum Stehen. Dazu schloss sie die Augen und machte seltsame Geräusche mit den Lippen, es klang wie ein Summen. Nach einem Moment riss sie den Mund weit auf und begann zu schreien: »Ich sehe ... Ich sehe ... Yale! Yale University! Ich sehe Kolben, Pfropfen, Blasebälge! Rauch! Rauch und Flammen! Chemie! Den Nobelpreis für Chemie! Oh, mein Junge, du hast eine leuchtende Zukunft vor dir!«

»*No way!*«, entfuhr es mir. Robin strahlte übers ganze Gesicht. Das hatte die Verrückte sich doch gerade ausgedacht!

Charlene geriet ins Jubeln und applaudierte.

»Doch halt«, fuhr die Wahrsagerin fort, und ihre Stimme wurde plötzlich leise, ihr Tonfall ernst. »Ich sehe ... Fleisch. Nacktes Fleisch. Blut! Blut, Tod und Verwesung. Oh, nein! Ein Hund! Sag, hast du einen Hund, mein Sohn?«

Robin stand der Schreck förmlich ins Gesicht geschrieben. »Ja, habe ich! Weevil! Was wird mit Weevil geschehen?« Meine Alarmglocken hämmerten in meinem Schädel wie besessen.

»Es ist schrecklich«, jammerte sie und sie schlug sich den Handrücken auf die Stirn, als sei sie kurz davor, in Ohnmacht zu fallen. »Das arme Ding. Noch so jung! Glitschig und klebrig – überall liegen Büschel seines schneeweißen Fells. Wird es dieses Opfer wert sein, mein Junge?« Sie packte ihn mit beiden Händen an den Schultern. Robin quiekte. »Wird es dieses Opfer wert sein, mein Sohn?«

»Wir haben genug gehört!«, rief ich und packte ihn.

Als wir Hals über Kopf aus dem Zelt gestürmt waren, heulte Robin los wie ein Schlosshund, dicke Tränen kullerten ihm über die Wangen. »Weevil! Warum sagt sie so etwas, Brian? Armer Weevil! Ich will nach Hause! Wir müssen nachschauen, ob es Weevil gut geht.« Es gelang mir nicht, ihn zu beruhigen. Was zur Hölle stimmte mit diesen Leuten nicht? Ein toller großer Bruder war ich, Robin an einen Ort wie diesen mitgenommen zu haben.

»Brian«, keuchte nun auch Charlene. »Hier ist doch irgendetwas faul. Ist das wirklich ein normaler Jahrmarkt?«

»Ich bin mir nicht mehr sicher«, sagte ich und drückte Robin fest an mich. Aber nach Hause gehen konnten wir doch noch nicht ... Schließlich hatte ich noch keine Chance gehabt, mit Charlene allein zu sein. Meine Gedanken rasten.

Bevor ich eine Entscheidung treffen konnte, ertönte eine zornige Stimme. »Ihr da! Platz machen!« Ein muskelbepackter Mann war direkt neben uns erschienen und trieb mit einer Stange einen schmächtigen Esel vor sich her. »Ihr seid im Weg.«

Ich machte einen Satz zur Seite und zog Robin zu mir.

Im Vorbeigehen warf uns der Hüne einen Blick zu. »Sieh an, sieh an. Frischfleisch.« Er gab dem Esel einen Streich mit der Stange, dieser wieherte kläglich. »Bald wirst du einen neuen Gefährten haben, *boy*. Ich rieche die Angst schon meilenweit gegen den Wind.« Das Duo trottete davon und verschwand hinter einem Zelt. Das Lachen des Kerls hing noch eine Weile in der Luft zwischen uns.

Ich sah mich aufgeregt um. Es war merklich dunkler geworden, die Bruthitze schien vorbei, dabei konnte es doch noch nicht so spät geworden sein. Wie lange waren wir in diesem Zelt gewesen? Als Nächstes fiel mir auf, und es bescherte mir einen fetten Kloß im Hals, dass in unserer näheren Umgebung kaum noch andere Gäste zu sehen waren. Dann gelang es mir, das mulmige Gefühl herunterzuschlucken, also sah ich Charlene an und versuchte mich an einem angestrengten, wohl überaus schiefen Grinsen. »Möchten wir Riesenrad fahren? Und falls uns auch das nicht gefällt, werden wir gehen. Und machen auf dem Rückweg noch einen Abstecher zum Diner! Was meint ihr?«

»Brian, ich will nach Hause«, wimmerte Robin. Es machte mich langsam wütend, dann aber musste ich mir eingestehen, dass er recht hatte. »Ich will zu Weevil ... Ich möchte nicht, dass er explodiert.«

Unser Tag auf dem Jahrmarkt war gelaufen – ich konnte nicht länger auf Kosten meines Bruders, der mir kreidebleich am Bein hing, bloß an meinen Eigennutz denken.

»Lass uns fahren«, sagte Charlene plötzlich.

»Was?«, entfuhr es mir.

Sie funkelte mich an, so glaubte ich, aber unter der Krempe des Hutes waren ihre Augen im Schatten verborgen. »Eine Runde Riesenrad, nur wir zwei.« Als Robin etwas erwidern wollte, ging sie vor ihm in die Hocke und lächelte sanft. »Warum gehst du nicht schon einmal zum Wagen zurück und wartest dort auf uns? Wir werden nicht lange fort sein, es dauert nur ein paar Minuten. Ich wollte schon immer mal mit Brian eine Runde Riesenrad fahren.«

Mir wurde heiß und kalt zugleich.

Robin warf skeptische Blicke von ihr zu mir und wieder zurück. »Versprecht ihr mir, dass es wirklich nicht lange dauern wird?«, fragte er tapfer. Der Heldenmut meines kleinen Bruders berührte mich mehr, als ich zugeben wollte.

»Versprochen«, sagte sie und strich ihm durchs Haar. »Und auf dem Nachhauseweg darfst du dir dann einen riesengroßen Eisbecher aussuchen.«

Missmutig sah ich Robin hinterher, nachdem ich ihm die Autoschlüssel ausgehändigt hatte und er winkend davonlief. Was sollte schon schiefgehen, versuchte ich mich zu beruhigen. Mom hatte ihm unablässig eingebläut, dass er nicht mit Fremden mitgehen oder gar Süßigkeiten annehmen sollte, und daran würde er sich halten, ganz bestimmt. Dann verschwammen meine Gedanken, und ich gab mich ganz meiner Fantasie hin: Charlene und ich hoch über den Wolken, das Schwanken der Kabine, ihre Hand auf meinem Arm. »Ich habe so lange auf diesen Moment gewartet«, flüsterte sie, während die Hand immer tiefer wanderte.

In der Wirklichkeit griff sie nun tatsächlich nach meinem Handgelenk und zog mich lächelnd mit sich. Überwältigt stolperte ich über das Gras.

Das »größte Riesenrad der Welt« pries die Karte an. Das war wahrscheinlich gelogen, aber das Gerät war tatsächlich majestätisch, vielleicht vierzig Meter hoch, und thronte über dem Gelände wie ein Schloss auf einem Berg. Aktuell stand es still, die schief hängende Sonne brach sich in den gläsernen Scheiben der grau gestrichenen Kabinen – es wirkte, als verschwänden jene, die im Zenit standen, inmitten des gleißenden Horizonts, als zöge sie am höchsten Punkt etwas direkt aus dieser Welt heraus und man könnte einen kleinen Blick vom Himmel erhaschen, bevor wieder die Reise nach unten angetreten werden würde. Ich schluckte. Große Höhen waren mir eigentlich nicht geheuer. Aber Charlenes Griff um meine Hand und ihr fröhliches Kichern überschatteten meine Angst.

Wie es von der Hauptattraktion zu erwarten gewesen war, schien die Schlange vor dem Riesenrad endlos. Ein bisschen beruhigte es mich, wieder so viele Menschen auf einem Fleck zu sehen: zahlreiche Familien, etliche andere Paare. Es mochten genug verrückte Gestalten auf diesem Jahrmarkt unterwegs sein, nun aber schienen wir wieder in die Normalität zurückgefunden zu haben.

»Oh, nein.« Charlene zog einen Schmollmund. »Wir werden warten müssen.«

»Robin kommt schon klar«, erwiderte ich, als sei es das, was sie damit meinte – befürchtete allerdings, dass lediglich die Ungeduld aus ihr sprach. Aus irgendeinem Grund brannte sie darauf, mit mir so schnell wie möglich dieses Riesenrad zu betreten. Was aber beschwerte ich mich! Ich machte mir viel zu viele Gedanken.

Einer der »wilden Teufel« marschierte an der Schlange entlang und verkaufte aus einem Bauchladen Bons, die als Eintrittskarten dienten – vermutlich vermied man so, dass es vor einem Tickethäuschen zu zusätzlichen Wartezeiten kam. Als der kleingewachsene Mann – Ziegenbart, zusammengewachsene Augenbrauen, schiefes Gebiss – zu Charlene und mir aufgeschlossen hatte, musterte er uns eindringlich von Kopf bis Fuß und schnalzte mit der Zunge. »Glückstag! Heute ist euer Glückstag!«, zwitscherte er ausgelassen. »Willkommen in der *lovers' lane!* Es läuft eine Aktion: Frisch Verliebte bekommen *V.I.P.*-Zugang zu unserem ganz besonderen Stolz, dem größten Riesenrad der Welt! Atemberaubend! Ausgezeichnet! Ich sehe es euch an. Noch alles so frisch! Noch alles so zart! So jung, *jung*! Habt ihr gehört? Ihr müsst nicht länger anstehen. Ihr habt den Vortritt!«

Ich erwartete, dass Menschen in der Schlange vor uns sich umdrehen und protestieren würden, aber nichts dergleichen geschah. Charlene neben mir jubelte. »Wir sind nicht …«, wollte ich ansetzen, gab es dann aber auf. Es war ein seltsamer Zufall, aber eigentlich doch genau, was ich gewollt hatte: meinen besonderen Moment mit Charlene und dann schleunigst zurück zum Auto. Hinge uns noch Robin am Rockzipfel, wäre nichts davon zustande gekommen.

Wir lösten zwei Bons und ließen uns von dem Kerl, der mit ausgestreckten Armen posierte wie ein Gebrauchtwagenhändler, an der Warteschlange vorbei zum Einlass führen. Ich hielt Charlenes Hand, als sie ein wenig umständlich in die unterste Kabine kletterte und dabei ihre Hutkrempe zur Seite drückte. Dann holte ich tief Luft und stieg zu ihr.

Das Innere der Kabine wirkte seltsamerweise enger, als es von außen den Anschein gehabt hatte. Ich quetschte mich neben Charlene auf die kleine graue Holzbank. Der Boden unter uns geriet schon jetzt bedrohlich ins Schwanken. »Ich wünsche eine angenehme Fahrt, meine Turteltäubchen!«, flötete der Teufel und schlug die Tür mit übertriebenem Schwung zu. Nur einen Augenblick später erklang von oben ein Rattern, und schon setzten wir uns in Bewegung.

Charlene schmiegte sich an meine Seite. »Kein Schaltknüppel zwischen uns«, raunte sie. »Oh, Brian, ich bin ja so glücklich.« Ich wusste auf diese komische Feststellung nichts zu erwidern, aber ihr schien die Situation zu gefallen, also legte ich meinen Arm von hinten um ihre Schultern. Ihre Nähe und ihr Geruch machten mich vollkommen irre.

Die Welt außerhalb der Fenster sank in die Tiefe. Zwar stiegen wir nur langsam auf, aber die Gewissheit, keinen festen Boden mehr unter den Füßen zu haben, löste augenblicklich Beklemmung in mir aus. Hinzu kamen die Enge des Häuschens und der Druck, mich vor Charlene nicht zum Affen zu machen, welcher sogar meine Sorge um Robin überlagerte Würde es zu dem magischen Moment kommen, den ich mir so lang herbeigesehnt hatte? Oder wartete eine große Enttäuschung auf mich?

Ehe ich mir länger den Kopf zerbrechen konnte, berührte mich etwas Feuchtes an der Wange. Ich realisierte erst den Bruchteil einer Sekunde später, dass es Charlenes Zunge gewesen war. »Oh, Brian«, stöhnte sie, nahm mein Gesicht in beide Hände und drückte mir die Zunge schließlich in den Mund. Ich war wie vom Schlag getroffen, wusste nicht, ob es echt oder Einbildung war. Nach einem Moment, der wie eine Ewigkeit schien, löste sie sich von mir. Ich merkte, wie sich der Stoff meiner Hose spannte.

»Liebst du mich, Brian?«, fragte sie flüsternd. »Ich merke doch, wie du mich ansiehst. Seit es Sommer geworden ist. Oh, Brian, lass dir eines gesagt sein: Ich will es auch! Nur wir beide, gleich jetzt. Jetzt und hier.« Und sie öffnete den obersten Knopf ihrer Bluse. Ein Schatten huschte über ihr Gesicht.

»I-ich ...«, geriet ich ins Stottern, unfähig, einen klaren Gedanken zu fassen. »Ich weiß nicht, ob das der richtige Zeitpunkt ...«

Daraufhin fackelte sie nicht lang, zog eine Schnute, packte meine Hand und drückte sie energisch auf ihre linke Brust. »Wirklich nicht?«

Die Eindrücke brachen über mir zusammen wie eine Welle in der aufgescheuchten See. Der zarte Widerstand ihres Körpers, dazu der wankende Untergrund und der weite Himmel, den ich durch das Fenster wahrnahm, ertränkt in orangerotem Licht. Mir wurde furchtbar schwindelig.

Charlene knetete ihre Brust mit meiner Hand, hielt dann kurz inne und stieg schließlich über mich. »Wir haben nicht viel Zeit, Brian«, sagte sie in einem süffisanten Befehlston, der völlig aus dem Nichts kam. »Bald sind wir wieder unten. Liebe mich, so schnell du kannst.« Mit einer Hand griff sie mir in den Schritt, fand meine Erektion und packte fest zu. »Beeil dich!«

Doch diese letzte Aufforderung war nicht mehr aus Charlenes Mund gekommen. Stattdessen lachte mich ein zerfurchtes Männergesicht mit zotteligen Barthaaren, einer einzigen struppigen Augenbraue und meterweit auseinanderstehenden, kaputten Zähnen an.

Ich hörte mich selbst schreien. Panisch stieß ich das Trugbild von mir. Es gab ein Poltern und einen spitzen Aufschrei, als Charlene von der Bank zu Boden fiel.

»Brian!«, kreischte sie schrill. »Was ist in dich gefahren?«

Mein Blick wanderte zwischen ihr und meinen Händen hin und her. Sie saß auf dem Boden, stützte sich mit einem Arm ab, der Hut lag daneben, ihr Oberteil war vollständig zugeknöpft. Charlene stand die reine Angst ins Gesicht geschrieben. Sogleich fing sie an zu schluchzen. »Brian, ich verstehe das nicht ... Was habe ich dir ...«

Mir war, als würde die Luft mit einem Schlag aus der Kabine gesaugt werden, und spürte gleichzeitig, wie sich ein feuchter Fleck auf meiner Hose ausbreitete. Ich musste sofort hier raus, musste zurück auf den Boden und das Weite suchen, so viel Abstand zwischen mich und diesen gottverdammten Jahrmarkt bringen wie nur möglich. Mein nächster Gedanke galt meinem kleinen Bruder. »Robin«, keuchte ich entsetzt.

Die verbleibende Zeit, bis die Kabine eine Drehung vollführt hatte, verging unwirklich und zäh. Charlene blieb auf dem Boden sitzen und weinte aus tiefstem Herzen, während ich wie ein Wahnsinniger von innen gegen die Wände trommelte und »Lasst mich raus! Lasst mich raus!« brüllte.

Als das Rad zum Stillstand gekommen war und sich die Tür endlich wieder geöffnet hatte, nahm ich meine Umgebung gar nicht mehr wahr, sondern stürmte voller Entsetzen ins Freie, wie betäubt. »Beehren Sie uns bald wieder!«, geisterte eine dunkle Männerstimme hinter mir durch den Raum. Ich schaute nicht nach links, nicht nach rechts, sondern rannte schnurstracks und wie besessen dem Ausgang entgegen.

Als ich endlich auf den Parkplatz stürmte, bemerkte ich sogleich, dass außer meinem klapprigen Renault kein einziger Wagen mehr auf dem Gelände stand. Die Rückbank war leer. Mir brach der kalte Schweiß aus. Ich rieb mir verwundert die Augen, drehte mich um meine eigene Achse. »Robin!«, brüllte ich in die gähnende Leere der Steppe. »Robin!«

Doch weit und breit war niemand zu sehen. Es war beinahe totenstill, lediglich die Jahrmarktsmusik drang verschwindend leise und dumpf zu mir herüber, als stamme sie aus einer anderen Zeit oder einer anderen Welt.

Tränen stiegen mir in die Augen. Schließlich sackte ich zu Boden und vergrub das Gesicht in meinen Händen. »Robin«, schluchzte ich heiser. Sie hatten ihn mitgenommen. Und bestimmt stand er schon längst in einem Stall zusammen mit den anderen Kindern, eingezäunt und angeleint, mutterseelenallein und hilflos, während sein großer Bruder mit nasser Hose im Gras kauerte und ihm nicht mehr helfen konnte.

Als ich mich diesem Schrecken hingab, drang eine erschöpfte Stimme an mein Ohr. »Brian ...?«

Ich blinzelte. Hatte ich mir das gerade eingebildet?

Gleich vor mir, in nur ein paar Metern Entfernung, trottete ein schmächtiger Esel durch die Wildnis. Ich erstarrte. Das ausgemergelte Tier lief ein paar Schritte, blieb stehen und suchte den Untergrund nach fressbarem Gras ab, schien nichts zu entdecken und bewegte sich dann wieder ein Stück nach vorn. Schließlich bemerkte es mich und warf mir einen anklagenden Blick zu.

»Robin ...« Ich erhob mich schwerfällig, klopfte mir den Staub von den Knien und ging schwankend auf den Esel zu.

Er hatte keine Angst vor mir, natürlich nicht, und behutsam legte ich eine Hand auf sein struppiges Fell.

»Es tut mir so leid, Robin«, winselte ich, während mir die Tränen übers Gesicht liefen. »So unendlich leid.«

Der Esel ignorierte meine Worte und schabte weiter unbeeindruckt mit dem Maul durch das Gestrüpp.

Was sollte ich Mom und Dad erzählen?

»Brian!«, knatschte die Stimme wieder, dieses Mal lauter, und ich bemerkte, wie mich Kieselsteine an den Füßen trafen. Ich drehte mich kraftlos um, versuchte die Tränen wegzublinzeln. Von unterhalb der Motorhaube meines Wagens, in dem kurzen Zwischenraum bis über den Boden, blickte mir mit großen Augen ein staubiges Gesicht entgegen.

Sofort war ich hellwach und stürmte mit stolpernden Schritten zu meinem Auto. »Robin!«, brachte ich keuchend hervor. Ich packte ihn unter den Armen und zog. Mühsam kletterte mein kleiner Bruder unter der Karosserie hervor, von oben bis unten verdreckt.

»Warum streichelst du den Esel, anstatt mich holen zu kommen?«, zeterte er vorwurfsvoll und boxte mich gegen die Schulter. »Fahren wir jetzt endlich nach Hause? Wo ist Charlene?«

Ich wiederholte zum hundertsten Mal seinen Namen, fiel ihm um den Hals und ließ ihn nicht wieder los, obwohl er sich lautstark wehrte.

»Ich habe auf der Rückbank gesessen, aber dann kam ein gruseliger Mann ans Fenster«, erklärte er mit sich überschlagender Stimme. »Er fragte mich, ob ich nicht mitkommen wolle! Und er hatte einen großen Sack dabei, voller Süßigkeiten, und ich sollte hineingreifen. Aber ich wollte nicht! Er hat es wieder und wieder versucht, aber als ich einfach nicht ausgestiegen bin, ist er irgendwann gegangen. Der Mann hat mir solch eine Angst eingejagt, dass ich unter dein Auto gekrochen bin! Gut, dass du endlich da bist. Du bist ja eine Ewigkeit weg gewesen!«

»Wir fahren«, kündigte ich an wie in Trance und versuchte, den Fleck auf meiner Hose zu verbergen. »Nach Hause. Wir fahren nach Hause, Robin.«

»Wo ist Charlene?«, wiederholte er aufgeregt vom Beifahrersitz aus, als ich mit zitternden Fingern den Schlüssel in die Zündung steckte und den Motor startete. »Kommt sie nicht mit uns zurück?«

Ich sah, wie der Esel, aufgeschreckt vom Knattern meines Wagens, irritierte Sprünge im Kreis machte und schließlich in Richtung des Jahrmarktgeländes zurückzulaufen begann.

»Ihr gefällt es so gut bei den wilden Teufeln, dass sie beschlossen hat, noch eine Weile zu bleiben«, sagte ich und trat das Gaspedal durch. »Ich für meinen Geschmack habe von Jahrmärkten ein für alle Mal die Nase voll.«

RESTE VON GESTERN

Mateus drehte den Toast herum und beschmierte auch die andere Seite begeistert mit Erdbeermarmelade. Mit zwei Fingern angelte er nach der Scheibe, senkte den Kopf bis knapp über den Tisch und begann, sie von unten anzuknabbern.

»Papa! Guck mal!«

Sein Vater, der ihm gegenüber am Frühstückstisch saß, raschelte mit der ausgebreiteten Zeitung. »Mhm«, machte er, würdigte Mateus aber keines Blickes.

Der Neunjährige schaute betrübt und aß schweigend sein Frühstück. Dann nahm er mit marmeladenverschmierten Fingern die Milchtüte und goss den Inhalt in sein Glas – den gesamten, ohne abzusetzen. Nur Sekunden später stürzte ein Milchbach über die Tischplatte, umspielte sämtliche Gegenstände, die darauf standen, und floss dann prasselnd zu Boden.

»Papa!«

»Mhm«, machte der Angesprochene wieder, spähte nun aber doch kurz über den Rand seiner Lektüre und sprang dann entsetzt auf. »Mateus!«

Triumphierend sah Mateus seinem Vater dabei zu, wie er, schon komplett in seiner dummen Bürokleidung, auf allen Vieren unter dem Tisch herumkroch und die Milch aufzuwischen versuchte. »Das hat mir heute gerade noch gefehlt«, knurrte er. »Hast du das mit Absicht gemacht? Ab auf dein Zimmer mit dir!«

Mateus' Augen funkelten böse – und sobald sein Vater unter der Tischplatte hervorlugte, klatschte der Junge ihm rigoros seine Marmeladenhand auf den Rücken, mitten auf das hellblaue, frisch gebügelte und noch nach Waschmittel duftende Hemd. Der Attackierte schnellte nach oben und stieß sich das Becken, begleitet von einem spitzen Aufschrei, von unten am Tisch. »Mateus!«

Mateus preschte am Frühstückstisch vorbei und stürmte die Treppen hinauf in den ersten Stock. Auf halber Strecke im Flur kam ihm seine Mutter entgegen, die wie ein Gespenst im Nachthemd aus dem Schlafzimmer seiner Eltern wankte. Wieder schien sie verschlafen zu haben, aber das war Normalität.

»Guten Morgen, Mama!«

»Guten Morgen, mein Schatz«, erwiderte sie mit beinah unhörbar schwacher Stimme. Ihre Mundwinkel formten sich aus Gewohnheit zu einem Lächeln, aber sie sah Mateus nicht an, sondern starrte geradewegs an ihm vorbei ins Leere. Da war kein Leben in ihren Augen, sie war ganz weit weg. Auch das war alles andere als ungewöhnlich.

Mateus passierte sie ohne ein weiteres Wort. Er wusste: Das, was er jetzt vorhatte, sollte er nur nach vorheriger Absprache tun, wenn überhaupt. Zu seinem eigenen Schutz, wie Mutter, als sie noch Worte finden konnte, ständig gesagt hatte. Denn es sei sehr gefährlich. Aber Mateus war stinkwütend. Also machte er vor seiner Zimmertür kehrt, riss die von Luca direkt gegenüber auf und stürmte ins Innere. Ein letzter Blick auf seine Mutter, die mittlerweile an der obersten

Treppenstufe angekommen war und sich wie betäubt daran machte, nach unten zu steigen, was vermutlich eine Ewigkeit dauern würde – dann knallte Mateus die Tür zu. Und warf sich auf Lucas Bett, wo er sich die Handballen fest auf die Augen drückte.

Eine Weile verharrte er so, bis bunte Kreise vor seinen Augen tanzten. Dann nahm er die Hände weg, richtete sich auf und schluchzte.

Es war totenstill in Lucas Zimmer. Wie eigentlich immer in den zwei Monaten, die sein großer Bruder schon tot war. Auch das war normal. Manchmal war Mama in dem Zimmer und heulte, aber ansonsten gab es hier keine neuen Geräusche mehr. Mateus rief sich die Videospiel-Sounds, Lucas Stimme, wenn dieser fröhlich mit Freunden telefonierte, und die schiefen E-Gitarrenklänge ins Gedächtnis, die er jeden Tag über den Flur bis in sein eigenes Zimmer hatte hören können. Diese neue, normale Stille – daran konnte er sich einfach nicht gewöhnen, würde es wohl nie.

Der schon ein wenig altmodisch gewordene Fernseher und die Spielekonsolen standen noch genau dort, wo sie immer gestanden hatten. Die Fender Stratocaster hing über dem Bett und glänzte wie frisch poliert. Und auch die Poster – von Super Mario über Rob Zombie bis hin zu Robert De Niro, der mit freiem Oberkörper vor einem Spiegel posierte – waren noch immer da. Alles wirkte so, als sei Luca nur schnell frische Luft schnappen oder mit seinen Freunden eine Runde kicken gegangen.

Doch Luca würde nicht wieder nach Hause kommen. Nie wieder. Seit jenen zwei Monaten war Mateus' Mutter ein Zombie und sein Vater offenbar blind und taub – zumindest was ihn, Mateus, den »anderen Sohn«, betraf. Es sei denn,

Mateus versteckte sich in Lucas Zimmer, dem »verbotenen Ort«, wie auch Papa, seiner Frau beipflichtend, es immer und immer wieder genannt hatte. Wie es schien, war aber auch diese anfängliche Vorsicht mittlerweile vergangen: Es reagierte niemand von beiden mehr so richtig, wenn Mateus in Lucas Zimmer ging. Mateus verblasste – beinahe so ähnlich, wie Luca verblasst war – und mit ihm die Sorge seiner Familie um ihn. Die Sorge, dass ihn in diesem Zimmer vielleicht ein Gespenst holen würde.

Woher sollte Mateus wissen, ob es Gespenster überhaupt gab. Aber der komische Philip aus seiner Klasse redete auch seit Tagen von nichts anderem mehr und hatte sogar seine ganz eigene Geschichte über solche »verbotenen Orte« zu erzählen. Zusammen mit seinem Cousin, der auch Philip hieß, habe er nach dem Tod seiner großen Schwester mehrfach versucht, Kontakt zu dieser aufzunehmen – zumindest hatte er das Mateus neulich in einer Schulpause einzutrichtern versucht. Ein gewisser Teil, irgendein Rest von ihr, sei noch immer in dem Mädchenzimmer zu spüren, behauptete Philip felsenfest. Aber er wisse nicht, ob dieser Rest, wenn er ihn fand, lieb zu ihm sein würde ... In »Friedhof der Kuscheltiere« waren jene, die von den Toten zurückkehrten, schließlich auch nicht länger ihr früheres Selbst. Es jagte ihm eine Heidenangst ein.

»Tote können Orte verfluchen«, hatte Philip Mateus erklärt und dabei ständig mit dem kleinen Finger seine Nickelbrille geradegerückt, deren linkes Glas immer mit einem Pflaster verklebt war. »Und den Leuten, die sich an diesen Orten dann aufhalten, passieren schlimme Dinge! Geh nicht in Lucas Zimmer, wenn du nicht auch verflucht werden möchtest, Mateus!«

Mateus hatte ihm gar nicht richtig zugehört. Was glaubte dieser Idiot über seinen Bruder zu wissen? Jetzt aber war Mateus sich nicht sicher, ob er den Worten des merkwürdigen Jungen nicht vielleicht doch ein bisschen Glauben schenken sollte. Denn sollte es tatsächlich noch einen Rest von Luca innerhalb dieser vier Wände geben, würde Mateus ihn sehen wollen.

Nur: Anscheinend wollte Luca Mateus nicht sehen. Sonst hätte er sich doch schon längst gezeigt? Und auch ihre Eltern wollten offenbar nicht, dass sich die beiden jemals wieder trafen und zusammen spielten wie früher.

»Luca«, sprach Mateus in die Stille. »Komm und hol mich, Luca.« Anstatt dass irgendetwas Unheimliches geschah, wie man es von Gespenstern ja wohl erwarten konnte, kroch bloß die Samstagsvormittagssonne gut gelaunt durch die halb zugezogenen Jalousien und ließ das Zimmer des toten Bruders noch ein wenig freundlicher erscheinen als ohnehin schon. Ein Rechteck aus Licht wurde an die Wand geworfen und wanderte in Richtung des Bodens vor dem Bett. So wurde das einfach nichts.

»Mateus?« Die Stimme seines Vaters vor der Tür, aber er machte keine Anstalten einzutreten. »Mateus, du sollst doch nicht ... Komm bitte da raus, Mateus.« Unmotivierter hatte Mateus das vermeintliche Familienoberhaupt noch nie seinem Erziehungsauftrag nachkommen hören.

»Erst, wenn Luca mit mir gesprochen hat!«, brüllte Mateus zornig nach draußen.

»Mateus, das ...« Ein resignierendes Seufzen, dann Schritte, die sich entfernten. »Ach, was soll's. Dann bleib eben da drin und warte auf Luca. Ich gehe arbeiten. Sei lieb zu deiner Mutter. Du weißt, sie hat es schwer genug.«

Wenigstens bleibe ich am Wochenende bei ihr und flüchte nicht in mein langweiliges Büro, beschwerte Mateus sich in Gedanken. Wie wütend er auf seinen Vater war!

Ob er Philip anrufen und fragen sollte, was er denn tun könnte, um endlich das Gespenst aus seinem Versteck zu locken? Wie hieß dieses komische Brett noch gleich, das der schielende Junge erwähnt hatte? Das Nachdenken wurde ihm anstrengend, also presste Mateus sich wieder die Handballen aufs Gesicht. Für das, was er fühlte, waren Schwärze und die bunten Kreise in seinem Kopf wesentlich passender als diese dumme Sonne.

Gib mir etwas, wovor ich mich fürchten kann. Irgendwas.

»Fürchtest du dich nicht davor, von ihnen vergessen zu werden?«, fragte eine Stimme.

Mateus zuckte zusammen. Er nahm die Hände vom Kopf, ballte sie zu Fäusten und rieb sich noch einmal durch die Augen, bevor er sich staunend im Zimmer umsah. Hatte wirklich gerade jemand etwas gesagt?

Die Wände schimmerten in einem matten Orange, und auf dem Bücherregal glitzerte der Staub. Nichts bewegte sich.

Er musste kurz eingenickt sein und geträumt haben, beschloss Mateus tapfer. Schließlich war es noch früh, und die Marmeladenaktion hatte ihn erschöpft. Kein Grund, sich vor körperlosen Stimmen zu fürchten, die bloß seiner Fantasie entsprangen. Er ließ sich in die Laken fallen. Obwohl sie Lucas Zimmer größtenteils unangerührt ließ, bezog Mama das Bett regelmäßig neu, als würde ihr verlorener Sohn tatsächlich eines Tages darin zurückkehren. Die Bettwäsche duftete nach Lavendel. Mateus kringelte sich zusammen. Mit dem vertrauten Geruch in der Nase und im warmen Sonnenlicht würde er einfach noch ein kurzes Schläfchen halten.

Bestimmt würde auch seine Laune besser sein, sobald er nur richtig ausgeruht war.

»Nimm deine stinkenden Füße aus meinem Bett, Mateus!«, brüllte die Stimme ihn nun an. »Du bist noch nicht baden gewesen!«

Mateus war hellwach. Er setzte sich ruckartig auf, und was er dann beobachtete, ließ ihn an seinem Verstand zweifeln.

Das Zimmer ... veränderte sich.

Wo gerade noch die Sonne die Wände gestreichelt hatte, krochen jetzt dunkelgraue Schatten über die Tapete, die alles einhüllten, das sich ihnen in den Weg stellte. Die Gitarre, der Fernseher, ein Einrichtungsgegenstand nach dem anderen wurde von der Welle aus Dunkelheit verschluckt und verlor all seine Farbe. Das leuchtende Rechteck aus Licht, das die Sonne auf den Boden gezeichnet hatte, schrumpfte in sich zusammen. Mateus zog erschrocken die Beine zurück, als die Schatten auch auf das Bett zukamen, über die Decke wanderten und schließlich ihn selbst überzogen. Mit einem Mal war es eiskalt.

Mateus quiekte entsetzt, sprang ruckartig vom Bett und war mit zwei Schritten an der Tür, deren Klinke er hastig heruntedrückte. Verschlossen! Hatte sein Vater ihn etwa eingesperrt? Gar als Strafe, weil er wieder in Lucas Zimmer gegangen war? Wie auch immer, jenes hatte sich gerade in pure Dunkelheit verwandelt. Und Mateus war in ihm gefangen. »Papa!«, brüllte der Junge panisch, während er fest an der Klinke rüttelte. »Papa, Hilfe! Hilf mir, Papa!«

»Der ist lange weg«, kommentierte die Stimme in Mateus' Rücken, und erst jetzt merkte er, wie vertraut sie doch klang.

Mateus wirbelte herum und starrte auf das Bett.

Da saß er. Luca. Sein großer Bruder lümmelte auf dem

Kopfkissen, in kurzen Shorts und Fußballtrikot, die Beine im Schneidersitz verschränkt. Und er grinste Mateus an – mit einem sehr schmerzhaften Grinsen, denn einerseits war es so vertraut, und doch lag gleichzeitig eine Bosheit darin, eine Häme, die Mateus kalte Schauer über den Rücken warf. Lucas Haut war blass, fast weiß, und dunkle Ringe zogen sich unter seinen Augen entlang. Er sah aus, als hätte er tagelang nicht geschlafen.

»Papa wird dich nicht befreien kommen, Kleiner«, spottete Luca. »Er ist auf dem Weg zur Arbeit und hat dich schon vergessen.«

Mateus, die Hände noch immer an der Türklinke, biss zitternd die Zähne zusammen und versuchte das, was er sah, in irgendeinen Zusammenhing zu bringen, irgendwie zu begreifen. Wer da auf dem Bett saß und ihn auslachte, war ohne Zweifel Luca. Und gleichzeitig auch nicht. Genau so etwas musste Philip gemeint haben, als er von seiner Schwester gesprochen hatte.

»Bist ... Bist du ein Gespenst?«, entfuhr es dem Neunjährigen schrill, und sofort schämte er sich dafür. Er hatte geklungen wie ein Mädchen, und damit hatte ihn sein großer Bruder schon immer gern aufgezogen.

»Bin ich ein Gespenst?«, wiederholte der Tote die Frage, verzog die Mundwinkel und sah zur Decke, so als würde er tatsächlich darüber nachdenken. Dann fixierte er Mateus wieder und sagte: »Nun, auf jeden Fall bin ich tot. Mausetot. Ich habe den Löffel abgegeben. Bin abgekratzt. Sehe mir die Radieschen von unten an. Und trotzdem sitze ich jetzt hier und sehe zu, wie du dir vor Schiss in die Hosen machst. Also, hm, wenn ich genauer darüber nachdenke ... ja. Dann bin ich vermutlich ein Gespenst.«

Mateus wusste nicht, was er sagen sollte. Hatte er sich wirklich das die ganze Zeit gewünscht?

»Du lügst! Papa hat mich nicht vergessen!«, brüllte Mateus die Erscheinung an. »Und du bist nicht echt! Ich bin eingeschlafen, und gleich wache ich wieder auf. Dann ist alles wieder gut!«

»Genau das habe ich mir auch einzureden versucht«, erwiderte Luca und bohrte seinen Blick tief in den seines Bruders, »als es gekracht hat. Als die Glassplitter geflogen sind und ich in das Loch gefallen bin. Dass ich gleich wieder aufwache. Bin ich aber nicht.«

Mateus hatte aufgehört, die Türklinke zu bearbeiten. So gehässig Luca gerade noch geredet hatte, so eindeutig lag nun ein Unterton von ehrlicher Trauer in seiner Stimme, als er den Autounfall erwähnte. »Mannomann, du bist also tatsächlich ein Gespenst«, stellte Mateus nüchtern fest.

»Jo«, machte Luca nur und tat so, als würde er gähnen. »Ziemlich langweilig, eigentlich.«

»Ich habe dich gesucht!«, fuhr Mateus ihn an, mit vorgeschobener Unterlippe und feuchten Augen. »Ich habe auf dich gewartet und dich gesucht, die ganze Zeit! Wieso kommst du erst jetzt zu mir?«

»Weil du nicht in dieses Zimmer gehen sollst, Schwachkopf! Hast du Mama und Papa nicht gehört?«

»Bist du ihnen auch erschienen?« Kurz dachte Mateus an die Schockstarre seiner Mutter.

»Nö. Die würden das nicht verstehen.«

»Ich aber schon?«

»Warst du es nicht, der mich gesucht hat?«

Mateus wurde zornig. Selbst aus dem Jenseits brachte sein Bruder es noch fertig, ihm tierisch auf die Nerven zu gehen.

»Was soll das mit den Schatten überhaupt?«, wollte Mateus nun wissen.

»Siehst du, genau darüber müssen wir sprechen ... Deswegen bin ich hier.«

Mateus starrte ihn sprachlos an.

»Du musst mir jetzt ganz genau zuhören, kleiner Bruder«, fuhr Luca fort. »Diese Schatten sind nicht auf meinen Mist gewachsen. Die waren schon hier, lange bevor ich unten vor der Einfahrt verunglückt bin. Ich konnte sie schon sehen, als es gerade erst passiert war. Vermutlich sind sie seit Anbeginn der Zeiten hier – auf jeden Fall viel länger, als unser Haus steht. Ich bin an diesem Ort gefangen, Mateus. Und die Schatten machen mir genauso viel Angst wie dir. Sie wollen mich auf ihre Seite ziehen.«

»Ich habe keine Ahnung, was du meinst ...«

»Dass nicht mehr viel Zeit bleibt, Mateus! Du, Papa und Mama – ihr müsst ganz schnell von hier verschwinden! Bevor die Schatten mich kriegen und ich dann ... dann ...« Luca begann nun tatsächlich zu schluchzen. Mateus hätte nicht geglaubt, dass Gespenster weinen konnten. Oder überhaupt noch in der Lage waren, so viel zu fühlen, wie es bei Luca der Fall zu sein schien.

»Dann ist gar nicht dein Zimmer der verfluchte Ort?« Kurz war er versucht gewesen, seinen Bruder zu trösten oder gar in den Arm zu nehmen. Aber erstens wäre das total peinlich gewesen, und zweitens wollte er nun wirklich keinen Toten anfassen.

»Nee«, machte Luca, der sich wieder gefangen und seine Gespenstertränen heruntergeschluckt hatte. »Aber dieses Grundstück ist es wohl. Es scheint mehrere solcher Unglücksorte in der Stadt zu geben. Die Verstorbenen sind entsetzt. Wenn die Schatten, die an diesen Orten hausen, einen von uns zu fassen bekommen, passieren furchtbare Dinge. Ich will nicht, dass auch euch etwas zustößt! Und dass vielleicht ich es bin, der euch etwas antut.«

Siedend heiß fiel Mateus ein, was der komische Philip ihm über seine tote Schwester berichtet hatte. Dass sie womöglich böse geworden sei und ihm Angst machte. Dass Mateus sich in Acht nehmen sollte ...

Er versuchte seiner Furcht zu trotzen. »Kann man die Schatten nicht bekämpfen?«, schlug er seinem Bruder vor. »Mit denen werde ich schon fertig!«

Luca lachte bloß schniefend. »Was willst du schon gegen sie ausrichten? Du bist neun, und die sind Millionen von Jahren alt. Außerdem in der Überzahl.« Seine Miene wurde nun wieder ernst. »Mateus, wenn ihr mir wirklich einen letzten Gefallen tun wollt, dann verlasst dieses Haus, so schnell es geht. Haut ab! Verschwindet! Rennt, so weit ihr könnt! Wenn du mich das nächste Mal triffst, bin ich vielleicht ...«

Auf einmal verzogen sich die Schatten und gaben die Farben frei, die Kälte ließ nach, und das Echo von Lucas Stimme hallte in Mateus' Ohren wider:

... nicht mehr ich selbst.

Trostlose Stille kehrte ein. Mateus starrte entgeistert auf das Bett, auf dem gerade noch sein toter Bruder gesessen hatte. Es war alles echt. Quietschend glitt die Zimmertür neben ihm auf.

Wie von Sinnen war Mateus in Sekundenschnelle die Treppe hinuntergestürmt und in die Küche geplatzt, wo seine Mutter, zombifiziert wie eh und je, am Tisch saß und Löcher in die Luft guckte.

»Mama!«, brüllte Mateus, und seine Stimme überschlug sich. »Mama! Hör zu! Ich habe mit Luca gesprochen. Wir müssen unbedingt von hier verschwinden, Mama!«

Sie sah ihn nicht an, sondern lächelte nur geistesabwesend. »Du hast mit Luca gesprochen? Das ist aber schön, mein Schatz.«

Er überlegte, ob er sie nicht am besten schütteln sollte. »Du hörst nicht zu, Mama! Luca lebt! Nein, also – er lebt nicht, aber er ist immer noch da! Oben in seinem Zimmer! Und wenn die Schatten ihn kriegen, ist alles zu spät!«

»Ein schönes Zimmer«, meinte sie nur, ihr Verstand in weiter Ferne.

Mateus stieß zischend den Atem aus. Dann bekam er eine Eingebung und rannte zu dem Telefon, das neben dem Kühlschrank an der Wand hing. Mit zitternden Fingern wählte er die Nummer der Arbeitsstelle seines Vaters.

Es tutete und tutete, aber auf der anderen Seite hob niemand ab.

»Papa!«, rief Mateus dennoch in den Hörer und war nun selbst kurz vorm Heulen. »Papa, du musst ganz schnell kommen! Die Schatten wollen Luca holen!«

Das Tuten erstarb, und die Küche versank in Stille. Was sollte er bloß tun? Mateus ließ den Hörer fallen und sackte in die Knie. Es war passiert: Sie hatten ihn alle vergessen.

Wie lange er so in sich zusammengekrümmt auf dem Boden gekauert hatte, wusste er nicht. Aber irgendwann sah er durch den Tränenschleier die nackten Füße seiner Mutter auf den Fliesen direkt vor sich.

Mateus hob den Kopf. Sie stand über ihm, beugte sich dann langsam herunter und strich ihm lächelnd mit dem Daumen eine Träne von der Wange. »Weine nicht, Luca«, sagte sie tröstend. »Mama ist doch jetzt da. Mein lieber, kleiner Luca.«

Der Schrei, der sich in seiner Brust formte, zerriss ihm fast die Eingeweide.

Sie nahm seinen Kopf in die Arme, als Mateus die Tränen übers Gesicht strömten und bloß noch ein heiseres Krächzen seiner Kehle entwich. Dann weinte auch sie und jammerte: »Warum hast du uns nur verlassen, Luca? Warum hast du uns im Stich gelassen?«

Die bunten Kreise tanzten wieder vor Mateus' Augen, doch diesmal waren sie weit geöffnet. So konnte er voller Grauen sehen, wie die Schatten hinter dem winselnden Körper seiner Mutter aus den Wänden krochen und alles mit ihrer Finsternis überzogen, den Kühlschrank, das Telefon, schließlich die ganze Küche vereinnahmten, und alle Farbe und alles Leben aus dem Haus saugten.

Es herrschte Stille. Die Haut seiner Mutter fühlte sich an wie Eis. Mateus war reglos, traute sich kaum zu atmen – dann glitt mit einem zaghaften Klicken die Kühlschranktür auf.

Lucas bleiches, totes Gesicht grinste ihn aus dem Tiefkühlfach an.

»Alles leer«, lachte das Gespenst. »Nicht einmal Reste habt ihr aufgehoben! Wie schade, dass keiner von euch jemals wieder einkaufen gehen wird!« Und die Schatten um ihn herum wurden schwärzer und schwärzer.

»Luca«, wimmerte Mateus entsetzt. »Luca, warum ...? Ich habe doch ...«

Sein Bruder zog eine hässliche Grimasse. »Und ich habe dir nur Quatsch erzählt! Ätsch!«

Mateus schloss die Augen und wünschte sich an einen anderen Ort, beschwor einen Sonntagmorgen, an dem sie zu viert am Frühstückstisch saßen, sich unterhielten und lachten, während die Sonne über den Tisch tanzte und seine einzige Sorge der Frage galt, ob er den Tag mit Videospielen verbringen oder lieber raus in den Garten spielen gehen wollte.

»Du warst schon früher ein naiver Idiot«, zog der Tote ihn auf.

Mateus öffnete die Augen. Träumte er etwa noch immer?

Mit Getöse sprang das grinsende Gespenst auf ihn zu.

EINE GANZE HALBE NACHT

Blicke wie Dartpfeile, und Boy war die Zielscheibe, so als stünde er allein auf weiter Flur und nicht mitten auf der Tanzfläche. Der Eins-neunzig-Typ mit den kurz geschorenen und trotzdem grellpink gefärbten Haaren sowie dem schwarzen Septum war ihm schon vorher aufgefallen, als er die ehemalige Lagerhalle mit Masha im Schlepptau betreten hatte. Da hatte der Mensch in Begleitung einer Handvoll anderer, deutlich kleinerer Jungs auf der abgewrackten roten Couch direkt hinter der Garderobe gelungert und mit geübtem Blick sämtliche eintreffenden Gäste bemustert, als sei er der Juror einer Castingshow, der frei über Leben und Tod entscheiden durfte. Boy hatte im Vorbeigehen registriert, dass er in diesem Moment die Aufmerksamkeit des Kerls nicht hatte erhaschen können – anders als sein Vordermann, der von Kopf bis Fuß gescannt worden war. Boy nicht. Warum also funkelte der Riese ihn jetzt durch die Menschenmenge so geschickt und zielgenau an, dass seine Augen wie Laserstrahlen Löcher in Boys Hemd zu brennen schienen?

Er versuchte, sich nichts anmerken zu lassen. Ein Alpha vermutlich, ein Jäger – niemand, mit dem er die letzte Party dieses suboptimal verlaufenen Jahres verbringen wollte. Boy war in den vergangenen zwölf Monaten auf genügend Fuckboys,

Cheater und Bekloppte hereingefallen ... Die meisten davon waren allerdings, und der Gedanke kribbelte zugegebenermaßen ein bisschen, deutlich weniger heiß gewesen.

»Boy? Erde an Booooy.« Masha materialisierte sich direkt neben ihm aus purer Luft und fuchtelte mit einem quietschbunten Cocktail vor seinem Gesicht herum. »*Snap out of your trance, bitch.* Du machst heute Party mit mir, hörst du, mit *mir*, also hör auf, dir irgendwelche Freaks anzugucken, die du sowieso nicht haben kannst. Neujahrsvorsätze, erinnerst du dich? Keine! Freaks!«

Boy seufzte und pflückte ihr den Drink aus der Hand. »Ich habe mich lediglich beobachtet gefühlt.«

Sie schnitt eine Grimasse. »Wunschdenken, Hase. Komm mit jetzt.«

Masha stolzierte voran und breitete dabei die Arme aus, als gehörte ihr der ganze Laden und sie sei die Hauptattraktion des Abends, auf deren Eintreffen nur alle gewartet hatten. Die fiesen Beats, die alles einhüllten, schrien nach Neunziger-Industrial, kalt und gefährlich, was aber zum Charme der Party passte. Im Strobo funkelnde Stahlträger, die bis zur Decke reichten, unterstrichen das Ambiente, immerhin befanden Boy und Masha sich irgendwo im Industriegebiet am Arsch der Betonstadt, und die Flyer hatten nicht zu viel versprochen: »*Strange Days* – der Countdown ins neue Jahr für Sie und Ihn und alle anderen. *Party like it's the new millenium!*«

Boy nippte an seinem Cocktail. Er musste schleunigst heraus aus der Schusslinie des Jägers. Also trottete er hinter Masha her, die schon begonnen hatte, sich unter den interessierten Augen zahlreicher, meist schwarz gekleideter Jungs ins Zeug zu legen und stolz ihre Moves zu präsentieren.

Wahrscheinlich würde er im Morgengrauen sie aus den Armen irgendeines Freaks befreien müssen.

Nach Tanzen war ihm eigentlich gar nicht zumute, stellte Boy rasch fest, dafür war er zu platt – immerhin hatte er noch bis um fünf in der Tanke gestanden, solange, bis ein aufopferungsvoller Kollege die Schicht für den Rest des Feiertags übernommen hatte. Aber er konnte Masha doch nicht im Stich lassen, oder? Also tanzte Boy nach bestem Wissen und Gewissen mit – sofern man die erbärmlichen Verrenkungen, die seine Füße anstellten, Tanzen nennen konnte –, während Trent Reznor weiter von Tieren und Gott sang.

Wo war der Typ? Und wieso fragte er sich das?

»Suchst du mich?«

Boy erstarrte mitten in der Bewegung. Pinkhead war plötzlich direkt neben ihm erschienen wie aus dem Nichts und funkelte ihm von oben zu. Fuck. Er sah aus wie ein Model (natürlich die *edgy* Variante, die gerade in Mode war), sein Mantel wie direkt aus der Matrix, und Boy kam sich noch kleinwüchsiger vor, als er sich sowieso ständig vorkam. Präsentierteller. Venusfliegenfalle. *Schnapp.*

Er schürzte die Lippen. »Wie kommst du auf die Idee, dass ich dich suchen würde?«

»Oh, sorry«, nuschelte der andere daraufhin, was Boy eher von dessen Lippen ablesen musste, als dass er es inmitten des Lärms wirklich hören konnte. »Muss dich verwechselt haben.« Und er machte auf dem Absatz kehrt und schlenderte ausdruckslos in die andere Richtung davon.

Ein kaltes Messer mitten in die Brust. »Nein, halt!«, rief Boy ihm hinterher. »Warte!« Und er stürzte dem Kerl nach, als sei der Leibhaftige hinter ihm her. Pinkhead warf einen kurzen Blick zurück. Boy konnte ein zufriedenes, möglicherweise leicht diabolisches Grinsen darin lesen. Was zum Teufel war bloß in ihn gefahren?

Nach einem Schritt machte er halt, drehte sich um und sah, wie Masha von einem ihrer Fans hochgehoben wurde und dabei einen schrillen, aber fröhlichen Schrei ausstieß. Na gut, sie würde ihn vermutlich nicht vermissen.

Das zunächst Beste daran, dass der komische Kerl eins neunzig war, schien die Tatsache, dass Boy ihn in dem Getümmel nicht verlieren konnte. Der pinke Hinterkopf leitete ihn wie ein Leuchtturm durch die Meute. An der Garderobe und der kaputten Couch vorbei. Vor dem Eingang nach links zu den Toiletten. Und dann durch eine schwere Tür, über der leuchtend grün »Notausgang« prangte, und die Pinkhead mir nichts, dir nichts öffnete. Krachend fiel sie wieder ins Schloss, und die milde Dezemberluft breitete sich wie ein Vorhang über ihnen aus.

Boy blinzelte die Müdigkeit weg. In seinem Rücken wummerten die Beats derart heftig aus der Wand, dass es sich anfühlte, als würde er gegen ein überdimensioniertes Kissen lehnen. Er befand sich in einer Art Hinterhof, stellte er fest. Pinkhead lehnte ihm gegenüber, bloß zwei Meter entfernt, an einer Mauer, als hätte er schon immer dort gestanden und sei fest mit ihr verwachsen.

»Wie heißt du?«, fragte Boy ihn.

»Silvester.«

»Lol. Nee, im Ernst jetzt, bitte.«

Der Große grinste breit, die Augen zu Schlitzen verengt. »*I shit you not*, mein Lieber. Silvester. Das ist mein Name.«

»Oh, Gott. Bin ich dann ... Tweety?«

»Vielleicht«, grinste Silvester. »Halt still.« Und so überzeugend, als täte er das ständig, geradezu professionell wie ein

Tänzer, griff er Boy am Arm, zog ihn zu sich heran, gab ihm eine sanfte Drehung und mit Schwung aus der Bewegung heraus einen Kuss. Sein Mund schmeckte nach Whisky-Cola und Zigaretten, sein Atem war nach mutmaßlichen Stunden auf der Party alles andere als frisch, und die Stoppeln über seiner Oberlippe kratzen, dennoch durchfuhr Boy die Berührung wie ein Stromstoß, der mit Lichtgeschwindigkeit von seinem Gesicht bis in die Zehenspitzen wanderte. *Shit,* dachte er nur. *Shit, Shit, Shit.*

Das Manöver dauerte aber nur Sekunden, und schon drückte Silvester ihn von sich weg. Er spielte mit seiner Beute wie eine Katze, die den Gnadenstoß so lange wie möglich herauszögern wollte. »Warum schon so verstrahlt?«, neckte er ihn. »Das Feuerwerk hat doch noch gar nicht angefangen.«

Boy leckte sich die Lippen. Er versuchte, unbeeindruckt zu wirken, war sich aber alles andere als sicher, ob es auch so rüberkam. »Der Kuss war gut, an deinen Lines musst du aber noch arbeiten. Silvester, Feuerwerk – wie viele Anspielungen denn noch? Was kommt als Nächstes? Raclette?«

Der andere seufzte. »Soll ich dir meinen Perso zeigen?«

»Oder du fragst mich nach meinem Namen.« Das würde die ganze Sache realer werden lassen, hoffte Boy. Würde sich sein Gegenüber nicht für seinen Namen interessieren – tausendmal erlebt! –, wüsste er direkt, welche Art von Alpha er vor sich hatte, und sollte wohl schleunigst das Weite suchen.

»Also gut. Wie ist dein Name?«

»Boy.«

»Und das soll jetzt so viel besser sein als Silvester? Verrate mir doch deinen richtigen Namen.«

»Das ist mein richtiger Name. Ist philippinisch. *I shit you not,* Mister Silvester.«

Der Große brach in schallendes Gelächter aus. »Ich bewundere deine Schlagfertigkeit«, lobte er Boy schnaufend, sobald er sich wieder eingekriegt hatte. »Ehrlich. Und deine Hartnäckigkeit.«

»Was bewunderst du noch an mir? Warum ich?« Boy bemerkte, wie er aus purer Gewohnheit mit dem Zeigefinger seine Brille nach oben schieben wollte, die er an einem Abend wie diesem natürlich nicht trug. »Schlagfertigkeit hab' ich ja nicht auf die Stirn tätowiert. Anfangs sah es nicht danach aus, als könntest du viel mit mir anfangen. Wie ihr da gesessen habt, wie bei …«

Silvester baute sich vor ihm auf und legte ihm den Finger auf die Lippen. »Red doch nicht so viel. Du weißt bestimmt gar nicht, wonach wir Ausschau gehalten haben, stimmt's?«

»Frischfleisch?«, knurrte Boy links an dem Finger vorbei, machte aber keine Anstalten, sein Gegenüber dazu zu bewegen, diesen wegzunehmen.

»Quasi«, erwiderte Silvester schulterzuckend. »Allerdings nicht für mich.«

»Du rekrutierst Gefährten für deine Minions?«

»Oh, Mann. Was denkst du eigentlich von mir?«

Boy schob die Unterlippe vor. Da war etwas Wahres dran: Er sollte sich bemühen, nicht ganz so gehässig zu klingen, wenn er Silvester nicht sofort in die Flucht schlagen wollte. Dummerweise neigte er, nach all den schlechten Erfahrungen, die er gemacht hatte, ein wenig zum Zynismus – und, noch schlimmer, zum Oversharing. Aber da konnte Silvester nichts für, richtig?

Dieser ließ die Hand sinken und rückte noch ein paar Zentimeter näher an Boy heran, sodass er nun die steinerne Wand anstatt der Bässe in seinem Rücken spüren konnte.

»Ich habe dich von Anfang an gesehen«, erklärte Silvester mit fester Stimme. Es klang fast ein wenig tröstend. »Du bist nicht der Typ von meinem Kumpel Fred ... dafür bist du ein bisschen zu kurz geraten.« Er lachte. »Und da ich ein super bester Freund bin, habe ich mich nicht von dir ablenken lassen, sondern weiter für Fred Ausschau gehalten. Mein eigener Geschmack zählt da nicht – das ist eine optimale Voraussetzung, denn so kommen er und ich uns nicht in die Quere. Wir sind dann auch recht schnell fündig geworden. Gut für Fred! Jetzt bin ich aber am Zug.«

Boy schluckte. Seine Nasenspitze befand sich direkt vor Silvesters Brust – er konnte erkennen, wie sich die Muskeln unter dem dunklen Shirt abzeichneten, das dieser unter dem vorne offenen Mantel trug. Er musste sich zusammenreißen, die Hand nicht auszustrecken, um sie zu berühren. Die kühle Winterluft störte ihn nicht mehr.

»Schön, dass du endlich Feierabend hast«, flüsterte Boy und richtete den Blick mit dem Versuch eines Lächelns nach oben. *Reiß dich zusammen, behalte die Beherrschung.*

Silvester reagierte nur wortlos mit seinem weitaus effektiveren Katzenlächeln und spendierte ihm den nächsten Kuss, der noch hypnotisierender war als der letzte.

Boy seufzte innerlich: Aus den ganzen *red flags*, die Silvester ihm in nur zwei Minuten Gespräch gezeigt hatte, konnte er sich bereits einen Schal stricken, ging es ihm durch den Kopf. Jetzt war er also am Zug, so, so, und Boy entsprach seinem Beuteschema, und sie befanden sich auf einer irgendwie queeren Party, auf der alle am Scouten waren, und es war mitten in der Nacht. Realistisch bleiben: Nach Hochzeitsglocken klang das alles schon mal nicht. Wieder nicht. Boy konnte die urteilenden Blicke Mashas förmlich spüren, obwohl sie gerade gar nicht da war. War er wirklich wieder im Begriff, sich Hals über Kopf ins Unheil zu stürzen? Missmutig fasste er einen Entschluss.

»Hast du Neujahrsvorsätze?«, fragte er Silvester zögerlich.

Dieser schaute leicht perplex, aber amüsiert. »Noch ist es nicht an der Zeit, darüber nachzudenken, oder?« Er pflückte sein Handy aus der Manteltasche und lunzte auf das Display. »Es sind noch zwanzig Minuten, bis es kracht. Vielleicht mache ich mir Gedanken darüber, wenn ich im Morgengrauen nach Hause spaziere. Vielleicht auch gar nicht. Wir halten uns doch sowieso nie daran, sondern fallen immer wieder in alte Gewohnheiten zurück.«

»Das ist genau der Grund, weshalb ich frage.«

Ein abgehacktes Lachen. »Daher weht also der Wind. Hast du Neujahrsvorsätze?«

»Klar. Ich lieb mich ab morgen selbst, oder so. Stell mich selbst an erste Stelle. Unterdrücke meine eigenen Bedürfnisse nicht, bloß um jemand anders zu gefallen.«

»Uff. Hast du auch Wandtattoos zuhause?«

»Was?«

Silvester tauschte den Grinsekatzenausdruck gegen ein nachdenklicheres Gesicht ein, das gleich markanter und erwachsener wirkte. »Hör zu«, setzte er an. »Ich mag einen ... nun ja ... draufgängerischen Eindruck machen. Aber ich bin kein Arsch, der nach einmal Ficken das Weite sucht.«

»Ich wollte nicht ...«, entfuhr es Boy. So ein Mist, jetzt hatte er es doch vermasselt! Genauso wie er die zahllosen Internet-Dates vermasselt hatte, bei denen sich anfangs beide gegenübersitzen und stundenlang darüber beschweren, wie doof das ganze Konzept doch eigentlich ist. Dass man so etwas ja eigentlich nicht mehr machen will. Keiner von denen ist. Dieser ständige Wettkampf, wer die meisten schlechten Erfahrungen gesammelt hat. Boy gewinnt ihn immer.

»Du hast Schiss«, unterbrach Silvester Boys Gedankenstau. »Das verstehe ich. Aber wer hat dir so weh getan?«

»Alle.« Boy quetschte sich mit dem Rücken zur Wand an Silvester vorbei. »Ich sollte reingehen, meine Freundin vermisst mich bestimmt. Wir wollten um zwölf unbedingt anstoßen.« Ob sich die Tür, die sie verbotenerweise benutzt hatten, von außen wieder öffnen ließ? Würde er Ärger bekommen?

»Hiergeblieben!« Silvester streckte einen langen Arm zur Wand aus und versperrte ihm den Fluchtweg. Er seufzte. »Wie beweise ich dir, dass ich kein Arsch bin?«

»Sei morgen noch da.«

Das Lächeln kehrte auf Silvester Gesicht zurück. »Das schaffe ich.«

Boy wunderte sich, dass ihm die Antwort so schnell über die Lippen gekommen war und dass es kaum etwas gebraucht hatte, um ihn umzustimmen und seine Fluchtpläne zu vereiteln. War es bloß Wunschdenken, dass ein so interessanter Typ tatsächlich einmal gute Absichten haben könnte? So ganz vielleicht? Der Schal um seinen Hals, den er sich im Kopf längst aus den *red flags* gebastelt hatte und der gedroht hatte, ihm die Luft zu nehmen, lockerte sich ein wenig.

»Ich tanze mit dir, wenn du willst«, unterbreitete Silvester ihm mit ruhiger Stimme einen Vorschlag. »Gebe dir deinen Lieblingsdrink aus. Wir machen auf dem Klo rum, wenn du Lust hast. Aber dabei belassen wir es. Und du gibst mir deine Nummer, bevor du nach Hause gehst. Mein guter Neujahrsvorsatz ist es dann, mich auch bei dir zu melden. Versprochen.«

Wie vielen hast du das versprochen, ging es Boy durch den Kopf, aber er hütete sich davor, den Satz laut auszusprechen. Selbst wenn er dem Wunschdenken nun doch nachzugeben schien, er musste zumindest eine gesunde Distanz zum Geschehen wahren und sich nicht in eine voreilige Fantasie verrennen – wenn es dafür nicht ohnehin längst zu spät war.

»Noch zwanzig Minuten bis Mitternacht, ja?« Er ging auf Silvester zu. »Was hältst du von einem Experiment? Wenn du es bis zu den Böllern hier draußen mit mir aushältst, ohne dich zu langweilen, sind wir auf dem richtigen Weg.« Boy legte ihm einen Arm um die Schulter, wofür er sich deutlich strecken musste, und küsste ihn auf die Wange. Der Große erwiderte die Umarmung still.

»Warum nicht länger? Wir haben die ganze Nacht Zeit«, stellte er fest.

»Die halbe reicht mir, um mir ein Bild zu machen.«

Silvester leckte ihm über das Ohrläppchen. »Nun gut. Bis zum Morgen gilt dann als zweite Hälfte. Wenn ich deine Prüfung um Mitternacht bestanden haben sollte, machen wir danach, was ich vorgeschlagen habe, okay? Erst deine Regeln, dann meine. Jeder hat eine halbe Nacht lang das Sagen.«

Deal, dachte Boy, *einfache Mathematik.*

Doch schlussendlich sagte niemand mehr ein Wort.

Erst als die ersten Raketen die kühle Nachtluft über ihren Köpfen durchstießen und tosendes Gejohle aus dem Innern der Mauern aufbrandete, ließen sie voneinander ab. Boy keuchte. Seine Hälfte der Nacht war vergangen wie ein Wimpernschlag.

»Sag ich doch: Verstrahlt.« Silvester reckte das Kinn gen Himmel, sein Katzenlächeln verschwand aus Boys Blickfeld. »Frohes Neues, oder?«

»Kann gar nicht sein.« Boy zog sein Telefon hervor und wischte über das Display. »Deine Uhr geht völlig falsch. Ich hab' noch eine Minute.«

Silvester hielt sein Handy zum Vergleich neben Boys. »Eine Minute, ja. Du hast recht. Manche kommen eben immer voreilig zum Schuss.«

Etwas brodelte in Boys Innerem, als sie auf die Displays starrten und darauf warteten, dass sich 23:59 endlich in drei erlösende Nullen verwandeln würde. Zum Herantasten und Kennenlernen hatte er seine halbe Nacht nun nicht wirklich genutzt. Hatte er versagt? Oder reichte es aus, dass man diesen Typen zwanzig Minuten lang küssen konnte, ohne dass es langweilig wurde? Was wusste er über ihn? Also außer, dass er abnormal heiß war?

Tick, tack ... Feuerwerk.

Die Stahltür schwang auf und knallte polternd gegen die Wand, als ein Pulk Feiernder lautstark grölend nach draußen quoll. Der Himmel wimmelte plötzlich von Blitzen und Krach, als hätten sich die außerirdischen Invasoren keinen besseren Zeitpunkt und Ort aussuchen können als Neujahr und diese gottverdammte Stadt. Boy riss den Blick von seinem Telefon los und sah sich um. Wo war Silvester? Er wirbelte panisch herum.

Doch der Pinkhaarige stand nur einen Meter neben ihm, pflückte einem der Neuankömmlinge eine schäumende Sektflasche aus der Hand, klopfte ihm auf die Schulter und kehrte zu Boy zurück. Er nahm einen kräftigen Schluck direkt aus der Flasche. »*Happy new year*«, verkündete er fröhlich und drückte sie Boy in die Hand. »Nun ist meine Hälfte der Nacht angebrochen. Ich freue mich schon, mehr Zeit mit dir zu verbringen.«

Boy nahm die Flasche entgegen. »Du hast eine ganze halbe Nacht Zeit.«

»Eine ganze halbe Nacht?«, wiederholte Silvester und sah dann so aus, als ließe er sich den Ausdruck durch den Kopf gehen. Er schien sogleich Gefallen daran zu finden. »Das könnte ein neuer Rekord sein. Übrigens ist die Nacht erst vorüber, wenn man geschlafen hat.«

»Boooooooy!« Masha erhob sich aus der Meute, ihr Kostüm hing schief, und sie taumelte ihm eher entgegen, als dass sie noch geradeaus laufen konnte. »Wie ist dein Abend? Frohes Neues! Ich muss dir Fred vorstellen.«

Boy lachte, empfing sie mit offenen Armen und blickte kurz in das farbenfrohe Gestöber über all ihren Köpfen, bevor er Silvester über ihre Schulter hinweg angrinste – ein Grinsen, das saß. »Der fängt gerade erst richtig an«, antwortete er gelassen … ungefähr zwei Sekunden, bevor Masha zu würgen begann und ihm ganz ungeniert in einem fetten Schwall mitten auf die Schuhe kotzte.

WALDOS GROTTE

Aya blieb angespannt. Während des Gehens hielt sie sich schützend die Hände vors Gesicht, damit keine abstehende Ranke ihr Make-up zerkratzte. Ständig knackte und knirschte es unter ihren Füßen, wenn sie Äste, Kies oder undefinierbare Kleintiere zertrat, die den Pfad bevölkerten. Was sie jedoch noch wesentlich mehr beunruhigte als diese gnadenlose Wildnis, der sie sich als behütete Städterin wehrlos ausgeliefert sah, war folgende grausame Feststellung: Der Wald war voller Müll. In dem Gestrüpp, das beide Seiten des Weges säumte, hingen Plastiktüten und zerbeulte Flaschen noch und nöcher, dazu Verpackungsreste, vereinzelt Fetzen von Textilien und immer wieder zerknüllte Taschentücher und benutzte Kondome. Welche Vollidioten richteten hier bewusst eine solche Unordnung an? Vor allem jedoch: War sie selbst denn besser? So unbeholfen, wie sie Étienne durch das Unterholz folgte und dabei behutsam darauf achtete, mit ihren Absätzen in keinem Erdloch steckenzubleiben, musste sie ein jämmerliches Bild abgeben. Bestimmt war es nur eine Frage der Zeit, bis auch sie etwas in die Bäume werfen würde – nicht aus bösem Willen, sondern aus bloßer Hilflosigkeit. Der Fick würde höchstwahrscheinlich richtig gut werden, und vor Erschöpfung oder schierer Ignoranz, berauscht durch ihre eigene Befriedigung, würde bestimmt auch Aya schließlich ihre Spuren hinterlassen. Willkommen im Club der Umweltsäue.

Apropos Fick: Wie lang sollte dieser verdammte Weg noch werden? Étiennes Mantel schwebte vor ihr durch die frühe Nacht wie ein Gespenst, ein noch schwärzerer Fleck in dem Meer aus Schwarz, das sie umgab. Er machte keinerlei Anstalten, sich zu ihr umzudrehen und nach dem Rechten zu sehen, sondern eilte entschlossen und zielstrebig voran, wahrscheinlich schon kribbelig vor Verlangen. Die Grotte müsste hier irgendwo sein, das hatte er schon vor Minuten verkündet. Bei dem Gedanken, wie viele gefüllte Gummis dort erst auf sie warteten, ekelte es Aya, und sie fragte sich nicht zum ersten Mal an diesem Abend, ob sie das Richtige tat. Vorausgesetzt natürlich, andere Leute trafen sich überhaupt zum Vögeln an diesem gottverlassenen Ort. Schließlich war dort ein großes Unglück geschehen – und das war genau der Grund, warum Étienne und sie nun dorthin unterwegs waren.

Mit genaueren Informationen hatte ihr *partner in crime* sich zurückgehalten. Das Gespräch war in etwa so verlaufen: »Hör zu, Aya, ein bisschen kann ich dir ja erzählen, auch ohne krass zu spoilern. In den Nachrichten haben sie damals verkündet, was in solchen Fällen immer in den Nachrichten verkündet wird: Der Typ war ein liebevoller Familienvater, ein vorbildlicher Nachbar, immer höflich und unauffällig. Die Art, die alten Frauen über die Straße hilft und den Sitzplatz für Schwangere freimacht. Von einem wie ihm hätte man so etwas ja niemals gedacht, nach außen hin ist absolut nichts aufgefallen, bla, bla, bla. Dasselbe Spiel wie immer: die tickende Zeitbombe, kurz vorm Ausrasten. Aber alle sind zu blöd, etwas zu bemerken. Bis es zur Explosion kommt, und die ist dann absolut krass. So auch in unserem Fall: Der hat seine Frau und Tochter in wirklich kleine Scheibchen geschnitten. Richtiges Gulasch aus ihnen gemacht.«

»Das ist so ekelhaft.«

»Aber auch so geil! Den Legendenstatus in dieser Gegend hat er sich echt verdient, er ist die unangefochtene Nummer eins, Aya. Schon komisch, dass du wirklich noch nie von ihm gehört hast, obwohl du schon so lange hier bist.«

»Es sind erst zwei Monate.«

»Aber du hängst doch nur mit den Freaks ab. Du musst bewusst ständig weggehört haben.«

Die Leute aus der Umgebung nannten ihren Lokalkiller Waldo, denn nachdem er sein furchtbares Verbrechen verübt hatte, war er in die Wälder geflüchtet und wurde dort tagelang nicht gefunden. Bis man schließlich eines Tages die Grotte entdeckt hatte. Dort hatte Waldo sich schlussendlich selbst gerichtet, nicht jedoch, ohne zuvor mit seinem eigenen Blut merkwürdige Zeichen an die Wände geschmiert zu haben. Das war 1996 gewesen, aber laut Étienne ließen sich heute noch Spuren des Gemetzels erkennen.

In den abgefuckten Kreisen, in die Aya vor ein paar Jahren geraten war, gab es diesen kranken Wettbewerb, immer und immer furchtbarere Orte zu finden, um dort miteinander zu verkehren. Für den Kick. Weil es kaputt, makaber und deswegen geil war. Je schlimmer und unvorstellbarer das Unheil, das diesen Orten ihren Ruf beschafft hatte, desto besser. Étiennes Schilderungen zufolge standen sie nun kurz davor, zumindest für eine Weile die Trophäe an sich reißen zu können. Gleichzeitig war sie sich seit einer Weile schon mehr als unsicher, ob sie noch mit den richtigen Leuten abhing. Zwar waren diese keine Satanisten, aber was genau sie stattdessen waren, schien auch nicht wirklich klar. Die Waldo-

Geschichte klang ziemlich krass, und Aya war ja eigentlich ein zartes Pflänzchen, das schon zugemüllte Waldstücke aufregten, wie sie eben festgestellt hatte. Vielleicht noch dieser eine Stunt, und sie würde diesen Strukturen endlich den Rücken kehren. Wenigstens war Étienne der heißeste Goth der Gegend, und schon seit sie hergezogen war, hatte sie sich gewünscht, ihm endlich näherzukommen. Jetzt war es soweit: Waldos Grotte sollte die passende Bühne bieten.

Wie auf Kommando sprach er just in diesem Moment wieder zu ihr, das erste Mal seit Minuten: »Wir sind da.«

Er drückte ein paar Zweige zur Seite, machte einen großen Schritt über einen Busch, und Aya folgte ihm gehorsam, bis sie schwach eine Felswand in der Dunkelheit schimmern sah. Sie waren am Ziel.

Sofern es bei den bescheidenen Lichtverhältnissen zu erkennen war, mutete Waldos Grotte von außen an wie eine stinknormale Höhle – die Art, die sie zu Schulzeiten mit dem Erdkundekurs besichtigt hatte und die hier, in der hintersten Eifel, keine Seltenheit war. Fast kreisrund klaffte der Eingang im Fels und führte ein paar Meter ins Innere des Gebirges hinein. Wäre der Weg einfacher zu bewältigen, bestimmt säßen hier ständig Wanderer bei freundlichstem Sonnenschein beisammen und picknickten gemütlich, bevor sie sich wieder an den Abstieg machen würden. Ob man unten im Ort noch wusste, was geschehen war, oder war dieses Wissen mittlerweile in Vergessenheit geraten und nur noch Verrückten wie Étienne und ihr vorbehalten?

Ihr Begleiter geriet sofort ins Referieren. »Man sagt, es geht wirklich tief runter hier, in einen Stollen oder so. Im Innern des Berges soll es kilometerlange, verwinkelte Gänge geben. Wer weiß, was außer Waldo noch alles in ihnen lauert.«

»Wer sagt das?«

»4chan.«

»Ah ...« Es gab allen Ernstes englischsprachige Foren, die sich mit Ammenmärchen aus der westdeutschen Provinz beschäftigten?

Auf Étiennes Vorschlag hin gingen sie ein paar Schritte an der Felswand entlang, um einen besseren Blick auf den Eingang zu bekommen. Hatte man während des Hinwegs noch im Schein des Mondlichts, das durch die Lücken in der Laubdecke gefallen war, halbwegs erkennen können, wo man hintrat, schien es nun immer dunkler zu werden. Aya fröstelte ein wenig. Étienne schaltete seine Handytaschenlampe ein, offenbar hatte er den gleichen Eindruck. Der Lichtstrahl wanderte über die Wand und wurde von dem finsteren Schlund verschluckt.

»Aufregend«, kicherte er erwartungsvoll. »Findest du nicht auch?«

»Ich ... bin mir nicht sicher.« Gezweifelt hatte Aya schließlich schon den gesamten Marsch über, jetzt aber wurde ihr aus irgendeinem Grund richtig unbehaglich zumute. Dabei war sie schon an so vielen verhexten Orten gewesen, Dutzenden *lost places*, den Schauplätzen schrecklichster Vorfälle. Jene bestimmte Grotte jagte ihr trotzdem eine Heidenangst ein.

»Warte ab, bis wir beim Vorspiel angelangt sind, dann denkst du das bestimmt auch«, erwiderte Étienne. Er legte sein Telefon auf dem Boden ab, der Lichtstrahl ragte wie eine Säule nach oben und warf bizarre Schattenmuster an die Wände. Dann zog er Aya forsch an sich heran und fasste ihr ungeniert an die Brüste. *Ganz der Gentleman*, ging es ihr durch den Kopf, aber eigentlich gefiel ihr ja genau das an ihm:

seine Grobschlächtigkeit, dieses Instinktive. Dass er nie sonderlich gründlich über Dinge nachdachte, sondern einfach ... lebte. Auf diese Weise blieb sie ihm zumindest jederzeit überlegen und konnte sich meistens genau das holen, was sie wollte – wenn sie nicht selbst viel zu viel darüber nachdachte, was es denn eigentlich war, das sie wollte.

Étienne fackelte nun nicht lange, sondern bombardierte sie mit Küssen und drängte sie dabei immer ein Stückchen weiter in Richtung des Schlunds. Der Untergrund knirschte unter seinen schweren Schuhen. Der Waldboden schien auch im Inneren des Gewölbes relativ eben zu sein, und es war nicht feucht, also würde ihr Stelldichein vermutlich nicht einmal so ungemütlich werden, wie Aya anfangs befürchtet hatte. Ein wenig genoss sie Étiennes Vehemenz nun, gestand sie sich ein, und sie hatte definitiv Bock auf ihn bekommen. Außerdem, so unberührt, wie der Ort aussah: Als vielleicht erste Menschen überhaupt in Waldos Grotte Sex zu haben, war dann doch ziemlich sicher das I-Tüpfelchen auf ihrer Exkursion.

Schließlich spürte Aya die massive Felswand in ihrem Rücken. Die Luft war kälter geworden. Étiennes Gesicht war nun direkt vor ihr, und sie erkannte, wie er sich umständlich aus seinem Mantel befreite und ihn abschüttelte. Mit einem lauten Geräusch fiel der schwere Stoff zu Boden. Ihr war, als würde der Ton von den Wänden widerhallen – die Wölbung musste größer sein als angenommen.

»Jetzt du«, befahl er ihr mit vor Geilheit zitternder Stimme.

Aya legte die Arme nach hinten und machte sich gehorsam daran, die Schnüre hinter ihrem Rücken aufzuknöpfen. Mit kalten Fingern fiel es schwerer als gedacht.

»Psst«, machte sie plötzlich. »Hast du das gehört?«
»Was gehört?«, grunzte er unbeeindruckt.

Da war ein Geräusch gewesen, sie war sich beinahe sicher, aber hatte es nicht verorten können. War es aus der Grotte gekommen oder aus dem Unterholz? Ein Tier vielleicht? In diesem Moment wurde ihr auf seltsame Art bewusst, dass es eigentlich wesentlich mehr Geräusche in diesem Wald geben sollte: kletternde Nagetiere, rufende Eulen, schwirrende Insekten. Aber um sie herum war es totenstill.

»Ich habe es mir wohl nur eingebildet«, gab sie ihm zu verstehen, traute aber ihren eigenen Worten nicht. Was zur Hölle beunruhigte sie dermaßen? *Du bist ein großes Mädchen, Aya, jetzt reiß dich zusammen*, schalt sie sich selbst.

Étienne drückte ihr wortlos seine Zunge in den Hals, und sie taumelte nach hinten, bis beide etwa drei Meter im Innern der Grotte standen. Wieder knirschte es, und ihr Schatten an der Wand, merkwürdig formlos und viel zu groß, folgte ihr buchstäblich auf Schritt und Tritt. Dieses groteske Schauspiel fing ihre Aufmerksamkeit wesentlich stärker ein als ihre Begleitung.

Als hätte er das bemerkt, zog Étienne sich sein schwarzes Shirt mit dem Logo einer norwegischen Metalband über den Kopf, warf es hinter sich und ließ seine Muskeln spielen. »*Babe*, ich werde hier noch eine viel größere Sauerei machen, als Waldo es je gekonnt hätte«, prahlte er erregt, warf seine riesigen Arme über ihre Schultern und löste selbst die letzten Schnüre ihres Oberteils. Es fiel zu Boden, und sogleich machte er sich daran, mit Händen und Lippen Ayas Brust zu bearbeiten.

Einen Moment lang ließ Aya sich gehen, genoss die Berührungen – bis wieder ein Geräusch an ihr Ohr drang. Diesmal klang es wie ein dumpfes Klopfen, als befände sich hinter ihnen eine hölzerne Tür im Gewölbe.

Sie quiekte und stieß ihn von sich. »Sag mir bitte, dass du das jetzt auch gehört hast!«, fuhr sie ihn an.

Étienne schaute perplex. »Gehen die Pferde mit dir durch?«, zischte er.

Sie schlang die Arme um ihren Oberkörper, um sich selbst ein Gefühl von Geborgenheit zu geben, und drehte sich zaghaft um. Gähnend lag die Öffnung vor ihr. *Wenn du lange genug in einen Abgrund schaust ...,* schoss ihr das berühmte Nietzschezitat durch den Kopf, ohne dass sie etwas dagegen tun konnte.

»Meinst du, da drinnen ist irgendetwas?«, flüsterte sie ängstlich.

»Was soll da sein, außer Fels?«, knurrte Étienne, hörbar genervt von ihren Allüren. »Es sollte keinen Durchgang geben, in ein paar Metern ist Ende. Die im Internet reden Scheiße. Willst du trotzdem, dass ich nachgucke? Nicht, dass da irgendein Penner sitzt, der hier wohnt und sich gerade einen keult auf uns.«

Sie nickte energisch und zog die Arme fester um ihren halb nackten Körper.

Missmutig trottete er einen Schritt nach hinten und hob sein Handy auf, bevor er mit der Lampe in den Gang leuchtete. Aya atmete erleichtert auf: Tatsächlich, es war nichts zu sehen außer der nackten Felswand. Kein Waldschrat, keine Tür.

Zumindest auf den ersten Blick. »Étienne«, keuchte sie.

Langsam hob er den Arm und ließ den Lichtstrahl über die Wand gleiten. »Was zum ...«, entfuhr es ihm leise.

Der Anblick, der sich ihnen bot, war nichts weniger als bizarr: Rote Zeichen prangten von der Wand oberhalb von ihren Köpfen. Im Licht schienen sie beinahe zu leuchten. Eines sah aus wie ein deformierter Smiley mit irrem Grinsen, ein anderes wie ein Galgenmännchen, das kopfüber an nur einem Fuß aufgehängt war, wieder andere schienen Buchstaben zu sein, die sich zu Worten formten. Hatten sie diese Gemälde wirklich erst übersehen? Aya stockte schließlich der Atem, als ihr Blick an besonders grauenerregenden Symbolen haften blieb: Immer und immer wieder war die wirre Zeichnung außerdem von kleinen und größeren Hakenkreuzen durchsetzt.

Beide schwiegen für einen Moment.

Schlussendlich fing Étienne schnaubend zu lachen an. »Ohoho«, machte er bewundernd. »Ist das Blut? Halleluja, zumindest dieser Teil der Legende scheint also wahr zu sein. Wie krass ist das? Der war ja richtig Matsch in der Birne, unser Waldo. Und ein kleiner Nazi offensichtlich noch dazu.«

Aya war alles andere als nach Lachen zumute. Die bizarren Zeichnungen wirkten, als stammten sie von einem Kind. »Warum ist das hier?«, fragte sie, eher sich selbst als ihn. »Warum hat man das nicht ... weggemacht?«

»Unser lieber Waldo soll sich aufgeschlitzt haben«, referierte Étienne schamlos weiter. »Dann hat er diesen Scheiß gemalt, mit seinen Gedärmen. Am Ende ist er elendig verblutet. So weit die Geschichte. Von den Einzelheiten hat aber nichts im Forum gestanden. Ich muss zugeben: Ich bin schwer beeindruckt. Macht mich alles nur noch heißer.«

»Das macht dich heiß? Ich finde es bloß geschmacklos und krank.«

»Jackpot«, grinste er. »Wollen wir ein Video machen, wie ich dich gegen diese Wand drücke?«

Sie drehte sich um, warf ihm einen empörten Blick zu und stolzierte an ihm vorbei, um ihr Oberteil aufzuheben. »Tu, was du willst. Aber ich habe keine Lust mehr«, erklärte sie bestimmt. »Mir ist das irgendwie zu fies. Ich weiß, wegen so eines Zeugs machen wir das, ... machst du das. Aber mir ist der Spaß jetzt vergangen. Ich glaube außerdem, die ganze Geschichte ist fake. Irgendwelche Nerds mit zu viel Zeit schreiben irgendeinen Quatsch ins Netz, und dann ist's nur eine Frage der Zeit, bis einer von denen herkommt und den Mist ... Wirklichkeit werden lässt. Wer's glaubt! Gehen wir zurück ins Dorf und besaufen uns. Ficken können wir auch hinterher.« Je länger sie sich reden hörte, desto ruhiger wurde ihr Herzschlag und desto eher ließ sie sich von ihren eigenen Worten überzeugen. Dass alles gestellt war. Dass sie in Sicherheit waren.

Étienne blickte sie an wie ein begossener Pudel. Einen klitzekleinen Moment hatte sie angenommen, er würde wütend werden und sie am Arm packen, enttäuscht und aggressiv, doch nichts dergleichen geschah. »Schöne Scheiße«, stammelte er stattdessen. »Darf ich mir wenigstens einen runterholen?«

Aya zwängte sich in ihr Oberteil, atmete scharf aus und wollte gerade ansetzen, ihm eine bissige Antwort zu geben – da sackte ihr Fuß plötzlich ein. Mit aufgerissenen Augen starrte sie an sich herab. Der Boden bewegte sich plötzlich auf merkwürdige Art und Weise, wimmelte wie Treibsand oder wie eine riesige Horde Ameisen. Ihr Absatz verschwand im Untergrund, schließlich ihr Knöchel. »Étie-«, holte sie aus, doch weiter kam sie nicht. Ein Ruck schnitt ihr das Wort ab, und alles, das herauskam, war ein spitzer Schrei.

Aya fiel. Das Dach der Grotte schnellte nach oben, Étiennes entsetztes Gesicht raste an ihr vorbei, dann sah sie nur noch Erde und Staubwolken und vernahm ein rauschendes Geräusch, das ihr in den Ohren dröhnte. Eine Sekunde lang schien die Welt stillzustehen. Anschließend durchfuhr sie ein Schlag wie ein Blitz, und Schmerz schoss durch ihren gesamten Körper. Benommen japste sie nach Luft, bevor ein feuchtes Husten ihrer Kehle entwich. Was war geschehen?

»*Fuck!*«, hörte sie dumpf Étiennes Stimme über sich. »Aya! Bist du okay?«

Sie blinzelte. Alles war voller Staub.

Langsam schälte sich die Gewissheit aus ihrem Bewusstsein hervor wie ein aus einem See auftauchendes Tier. Der verdammte Boden war eingebrochen, und sie war in die Tiefe gestürzt! Das konnte doch nur ein schlechter Scherz sein.

»Ich bin o— Autsch!« Kaum hatte sie versucht, sich auch nur einen Millimeter zu bewegen, schoss eine weitere Woge grellen Schmerzes von ihrem Bein bis in den Schädel hinauf. »Ich bin … Oh, nein! Oh, Gott!«

Innerhalb der sich lichtenden Staubwolke erkannte sie ihr rechtes Bein, das ausgestreckt vor ihr auf dem Steinboden lag. Der Schuh war weg, und ihr Fuß hing *irre verdreht* daran wie ein abstehendes Horn. Wie verkehrt der Winkel genau war, wusste sie nicht, auf jeden Fall war er schrecklich unnatürlich und völlig falsch. Und war dieses graue Etwas, das aus der Haut herausragte, tatsächlich ein Stück Knochen?

»Étienne«, schluchzte sie, »mein Bein, es … Verdammte Scheiße!«

»Nicht bewegen!«, rief er von oben herab, aber klang in etwa so beruhigend wie ein Zahnarzt, der bereits seinen Bohrer angeschmissen hatte. »Ich hol dich sofort da raus!« Dann vernahm sie seine Schritte, die an den Wänden der Grotte abprallten und durch die Nacht geisterten.

Aya versuchte, sich an die Dunkelheit zu gewöhnen. Vor ihr lag eine Art Flur, ein rechteckiger Gang ausgehoben von Menschenhand, der leicht absteigend in die Tiefe führte. Kilometerlange Stollen, echote Étiennes Beschreibung in ihrem Kopf umher. Erst hatte sie kaum die Hand vor Augen erkennen können, jetzt jedoch sah sie es ganz genau. War die Grotte etwa ursprünglich der Eingang in dieses unterirdische Höhlensystem gewesen? Falls ja, wann hatte man ihn zugeschüttet, und warum?

»Étienne?«, rief sie nochmals in den Schacht über ihrem Kopf. Doch es kam keine Antwort mehr, er schien tatsächlich gegangen zu sein. Bestimmt suchte er etwas, das er als Seil benutzen konnte. Er würde sie wohl kaum hier unten lassen ...

Minuten verstrichen. Aya kam sich zunehmend vor wie auf dem Grund eines Brunnens. Jede noch so minimale Bewegung ließ ihr Bein vor Schmerzen pulsieren wie Feuer, jede Faser ihres Körpers war angespannt. Es war von Anfang an eine beschissene Idee gewesen hierherzukommen, aber so eine Scheiße hatte sie nun wirklich nicht verdient! Wer wusste, was hier unten alles an gräulichem Getier herumkroch, das ihr bestimmt schon bald auf die Pelle rücken würde. Wo blieb dieser Idiot so lange?

Etwas knisterte im Dunkel vor ihr. Die Härchen auf Ayas Nacken stellten sich auf, und sie hielt die Luft an. Vielleicht ein Nagetier?

Sie stützte sich mit beiden Händen auf dem kalten Stein ab und bemühte sich, eine geradere Position einzunehmen. Das Bein war zwar Schrott, aber den Rest ihres Körpers schien sie sich nicht ernsthaft verletzt zu haben. Ihr Blick suchte den Boden ab: Ein Stein, um eine attackierende Ratte abzuwehren, würde sich mit Sicherheit finden lassen.

Doch es war keine Ratte, die zu Aya vordrang. Es war etwas anderes. Jemand anderes.

Aya riss voller Entsetzen die Augen auf: Stand dort tatsächlich ein Mensch? Im Dunkeln halb verborgen, aber dennoch eindeutig zu erkennen, hatte sich im Gang, nur ein paar Meter entfernt, eine Gestalt vor ihr aufgebaut. Kam sie etwa näher? Ausmachen konnte sie nur die Silhouette, aber es musste sich um eine Person handeln. Die Angst drückte ihr schlagartig den Atem aus den Lungen, doch Aya wehrte sich mit aller Kraft dagegen. Jetzt bloß nicht den Verstand verlieren! Diese ganzen dämlichen Geschichten hatten ihr das Hirn weichgekocht, sie sah nicht wirklich jemanden, das konnte schließlich gar nicht sein. Zaghaft versuchte sie, Étiennes Namen zu flüstern, aber kein Laut kam ihr über die Lippen.

Die Gestalt – es schien ein groß gewachsener Mann zu sein, mit krummen Beinen und struppigem Haar – bewegte sich zunächst nicht. Das Pochen in ihrem Bein allerdings war schneller geworden, nun im Einklang mit ihrem hämmernden Herzen, das Dröhnen war ihr in den Kopf gewandert und ließ ihn beinahe zerspringen. Ohne den Blick von der Erscheinung abzuwenden, glitt ihre Hand weiterhin nervös über den Boden, doch nichts war zu finden, womit sie sich zur Wehr setzen konnte. Sie war der Gestalt völlig ausgeliefert.

»Wer ist da?«, brachte Aya schließlich – dumm, wie sie war! – hervor. Killer, Gespenster und Dämonen weisen sich schließlich andauernd direkt aus, wenn man sie nach ihrem Namen fragt, das weiß man doch aus jedem ernstzunehmenden Horrorfilm! Aber wer mit zertrümmertem Bein in einem Tunnel sitzt und sich einer gruseligen Präsenz gegenübersieht, die noch dazu völlig aus dem Nichts aufgetaucht ist, der denkt nicht richtig nach und begeht Anfängerfehler, nicht wahr? Ihre Gedanken rasten wild umher. *Mach, dass er weggeht! Bitte, bitte, bitte.*

Stattdessen gab es ein dumpfes Geräusch, als die Person einen Schritt nach vorn unternahm, und Aya blieb das Herz stehen. Den Mann gab es wirklich.

»ÉTIENNE!«, entfuhr es ihr in einem schrillen Kreischen.

Schlurfend ging die Gestalt seelenruhig auf sie zu, und Aya glaubte, schwerfällige Atemstöße hören zu können.

Es war Waldo, ganz bestimmt war es Waldo, er würde sie nun zerstückeln, regelrecht Gulasch aus ihr machen, und niemand würde sie je hier unten finden, Étienne würde niemals zurückkommen, sie sah die Schlagzeile schon vor sich, zweiundzwanzigjährige Studentin in der hintersten Finstereifel verschollen, vermisst, wer hat sie zuletzt gesehen, und in ein paar Wochen würden sie die Suche einstellen, es gab keinerlei Spur, eine brandneue Legende für die Dorfjugend, eine grauenerregende Geschichte, und auf Reddit oder 4chan oder in der Kneipe unten im Ort würde man fortan munkeln: »Waldo hat sie, Waldo hat sie geholt«, sie wollte doch nur mit dem heißesten Goth der Gegend mitgehen, kleines, naïves Ding, in welche Kreise war sie geraten, sie kam doch aus anständigem Hause, die ganze Welt hatte ihr offen gestanden, was hatte sie bloß so ruiniert.

Aya schloss die Augen, presste die Lippen aufeinander und hielt die Luft an. Hoffentlich ging es schnell. Wehtun würde es gewiss.

»Scheiße«, knurrte der Mann, als er nah genug an sie herangekommen war. »Bist du etwa eingebrochen?«

Sie riss die Augen auf und starrte ihn entgeistert an.

Der Bart des Kerls war genauso struppig und verfilzt wie sein Haupthaar, er trug einen zerschlissenen, fleckig grünen

Parka und hielt einen funkelnden Flachmann in der Hand – die Fingerkuppen seines Handschuhs waren abgeschnitten –, aus dem er gleich einen dicken Schluck nahm. »War mir nicht sicher, dass es hier noch einen Ausgang gibt. Scheiße, Kindchen. Dein Bein sieht gar nicht gut aus.«

Sie japste nach Luft, Tränen schossen ihr in die Augen. »Hilfe«, keuchte sie. »Können Sie mir helfen?«

Der Kerl ging vor ihr in die Hocke und musterte sie eindringlich. »Lass mal sehen.« Er war mutmaßlich um die fünfzig und bei weitem nicht so verwahrlost, wie man es von einem Einsiedler erwarten würde – bestimmt unternahm er hin und wieder Ausflüge ins Dorf und beseitigte dort den gröbsten Schmutz seines Lebens in der Wildnis. Aya hatte von solchen Leuten gehört: Sie zogen sich aus der Gesellschaft zurück, wählten ein selbstbestimmtes, aber isoliertes Leben in der Abgeschiedenheit und nahmen nur noch selten Kontakt mit anderen Menschen auf. So etwas in der Art musste dieser Kerl sein! Wo könnte man sich besser vor den Leuten verstecken als hier, in dieser verfluchten Einöde?

»Muss ... Muss ich Angst vor Ihnen haben?«, wimmerte sie und kam sich sofort wieder dumm vor. Vor lauter Panik konnte sie einfach nicht handeln wie ein normaler Mensch.

»Nee«, grunzte der Eremit. »Glaub nich'. Ich riech ein bisschen streng und bin vermutlich zu alt und krank, um dich eigenmächtig hier raus zu schaffen, aber du sitzt so dermaßen im Schlamassel, da mach ich das nich' noch schlimmer. Versprochen. Was zur Hölle hattest du in dieser Höhle zu suchen? Ist doch in der ganzen Gegend bekannt, dass die da gepfuscht haben, Mädchen. Guck dir deinen Fuß an!«

Die Art, wie er sprach, sorgte dafür, dass der Schrecken ein Stückweit von Aya abfiel. Trotzdem musste sie auf der Hut bleiben, wie sie unlängst beschlossen hatte. Dieser Kerl konnte ihr immer noch gefährlich werden.

»Können Sie Hilfe holen?«, fragte sie erneut, nervös. »Mein Begleiter ist irgendwo da oben, er sucht nach einer Möglichkeit, mich zu befreien. Das könnte … eine Weile dauern. Wie kommen Sie hier herein? Gibt es einen anderen Ausgang?«

»Könnte man so sagen«, erwiderte der Mann und schwenkte den Flachmann. »Wissen aber nich' viele, sonst wäre es hier so überlaufen wie in Trier auf'm Hauptmarkt. Ich wohn' hier nicht, falls du das dachtest, Kind. Ich suche.«

»Wonach?« Die Frage war ihr entfleucht, bevor sie näher hatte darüber nachdenken können. Sie schüttelte ihre aufkeimende Neugierde ab. »Können Sie mir diesen anderen Eingang zeigen oder mich vielleicht sogar dorthin bringen?«

Der Eremit kratzte sich am Kopf, was ein ekelerregendes Geräusch machte, als schabte er über staubtrockenen Sand. »Schätze, dass du so nicht laufen kannst. Sind bestimmt zwei oder drei Kilometer, und viele der Durchgänge sind verschüttet. Du musst klettern können. Wir sind in einem alten Bergwerk, ich glaube aber, das Höhlensystem ist viel älter als angenommen. Irgendeine Scheiße geht hier unten ab. Willst du wissen, was ich bisher herausgefunden habe?«

Sie schluckte. »Bestimmt sehr interessant, aber ich fände es wirklich besser, Sie würden …«

Doch er ließ nicht locker. »Hast du von Waldo gehört? Diesem Irren, der Frau und Kind geschlachtet haben soll? Jesus, der ist genau da oben verschwunden, von wo du reingefallen bist. Warum hier, fragst du dich? Etwas hat ihn hierhergezogen, hat ihn gerufen …«

Aya, zutiefst irritiert, startete den nächsten kläglichen Versuch sich aufzurichten. »Bitte helfen Sie mir heraus. Danach können Sie mir in aller Ruhe erzählen, welche heiße Spur sie gefunden haben. Mein Fuß muss schleunigst versorgt werden.« Sie erinnerte sich schlagartig daran, dass sie ein Telefon an sich hatte, fand es sogleich in ihrer Hosentasche und nestelte es mühsam hervor. »Kein Empfang«, murmelte sie und streckte ihm das Gerät entgegen. »Gehen Sie zumindest nach draußen und rufen den Rettungsdienst. Bitte!«

Er musterte das Handy argwöhnisch, als hätte er nie zuvor eines gesehen. »Nee«, grummelte er dann.

»Wie bitte?« Ihr Herz machte einen Sprung.

Der Mann trat einen weiteren schlurfenden Schritt näher an sie heran. Er stank tatsächlich entsetzlich. »Wenn hier unten wirklich etwas Böses haust«, nuschelte er und gestikulierte wild mit seinem Flachmann, »dann is' das die Chance, auf die ich gewartet hab'. Brauch ja nich' mal 'nen Köder auslegen.« Er stieß ein heiseres, krächzendes Lachen aus. »Mädchen, falsche Zeit, falscher Ort, nicht wahr?«

»Scheiße!« Aya riss das Telefon wieder an sich und suchte panisch nach der Taschenlampen-App. Sogleich darauf leuchtete sie ihm mitten ins Gesicht – und erschrak.

Die Wangenknochen des Einsiedlers – oder was sie für einen Einsiedler gehalten hatte – waren eingefallen, seine Augen milchig weiß und blutunterlaufen. Er wirkte nun gar nicht mehr wie fünfzig, sondern als sei er doppelt so alt. Mindestens.

»Étienne!«, rief sie zum wiederholten Male in das Nichts über ihrem Kopf. »Hilf mir!«

»Aya?«, folgte die Antwort auf dem Fuße, und ein warmes Gefühl breitete sich in ihrer Brust aus, das die Angst schlagartig ein wenig erträglicher werden ließ. Er hatte doch nicht die Flucht ergriffen! Das rechnete sie ihm hoch an. Aber wie sollte Étienne ihr diesen fiesen Kerl vom Hals schaffen?

Der Eremit warf einen nachdenklichen Blick nach oben in den Schacht. »Zwei Köder«, grummelte er erregt. »Heute ist mein Glückstag.« Daraufhin ließ er den Flachmann fallen, der mit einem metallischen Klirren über den abschüssigen Boden rollte, und langte mit seiner behandschuhten Hand in die Brusttasche seines Parkas.

Aya rechnete mit vielem, was jetzt zum Vorschein kommen konnte, einem langen Messer, einem Korkenzieher, irgendeinem anderen Gegenstand, mit dem er sie schlussendlich doch filetieren würde, dann aber … zog er ein Stück Papier aus seinem Parka hervor.

Sie hielt den Atem an, während er es seelenruhig auseinanderfaltete. Schließlich erkannte sie, dass es sich um ein Polaroid-Foto handelte. Der Mann hielt sich das Bild etwa zwanzig Zentimeter vor sein Gesicht, musterte es für einen kurzen Augenblick und seufzte dabei tief.

»Aya!«, brüllte Étienne über ihr wieder, bevor sie das Wort an den stinkenden Kerl richten konnte. »Ich habe nichts gefunden, womit ich dich hochziehen könnte. Aber halte noch eine Sekunde aus, Schatz – ich komme runter zu dir!«

Wie gut dieser Plan war, konnte Aya nicht abschätzen, aber sei's drum: Zumindest würde Étienne es vermutlich mit dem Penner aufnehmen können, der tatsächlich keinerlei Waffe an sich zu tragen schien. Den Kosenamen, den er ihr im Eifer des Gefechts gegeben hatte, beschloss sie zu ignorieren.

Das Schlagen von Stoff erklang. Aya senkte den Kopf in den Nacken, und aus den Augenwinkeln erkannte sie, wie Étiennes Mantel von oben in die Öffnung gesenkt wurde. Hatte er etwa vor, daran herunterzuklettern? Wo wollte er ihn befestigen? Groß und stark war er ja, aber konnte er nicht tatsächlich ein winziges Bisschen heller sein?

»Er wird stürzen«, befand auch der Eremit, der das Manöver aufmerksam aus der Distanz beobachtete und zaghaft nickte. »Wie viele sollen hier noch zu Tode kommen, bevor sie dieses Höllenloch endlich gescheit zuschütten?«

Aya biss die Zähne zusammen. »Kommen Sie keinen Schritt näher!«, fuhr sie ihn an. »Lassen sie uns in Ruhe!«

Sein Blick wandte sich ihr wieder zu. Ein leichtes Lächeln umspielte seine Mundwinkel, das Bartgestrüpp wippte in der Dunkelheit. »Ich hab' nicht vor, dir ein Haar zu krümmen, Mädchen. Das überlass ich ganz ihm.«

Plötzlich fühlte sie einen dicken Kloß im Hals. Ihm?

Er drehte wie in Zeitlupe das Foto um, sodass es beinahe sein ganzes Gesicht verbarg, und Aya lenkte wie von selbst den Lichtstrahl ihrer Lampe darauf. Was sie sah, jagte ihr einen eiskalten Schauer über den Rücken, das Pochen in ihrem Bein schwoll an zu einem Orkan, und sie fühlte sich, als versänke sie im Boden wie in einem Sumpf.

Um Gottes Willen ...

»Fuck!« Gleich darauf ertönte über ihr ein Geräusch, das klang wie ein Poltern, dann wie ein ... Schlittern. Sie riss den Kopf nach oben und sah mit weit aufgerissenem Mund, wie ein dicker, schwarzer, schreiender Klumpen mit einer irren Geschwindigkeit von oben auf sie zugerast kam. Es gab einen gleißend hellen Stromstoß. Dann wurde alles schwarz.

*

Manderscheid/Bernkastel. Im Fall der vermissten Studentin aus Rheinland-Pfalz ist es zu einer grauenerregenden Wendung der Ereignisse gekommen. Nachdem Suchtrupps wochenlang die Gegend auf der Suche nach der Frau durchkämmt hatten, konnte am vergangenen Donnerstag ein Beweisstück sichergestellt werden, das die Befürchtungen bittere Realität werden ließ: Aya S. ist tot. Der abgetrennte Kopf der 22-Jährigen wurde in einer Plastiktüte eingewickelt in einem Busch unweit des Eckfelder Maars gefunden. Entdeckt haben den grausigen Fund studentische Umweltaktivisten aus dem knapp 60 Kilometer entfernten Trier, die angerückt waren, um die umliegenden Waldstücke vom Unrat zu befreien.

Nicht nur als illegaler Müllentsorgungsplatz, auch aufgrund eines mittlerweile verjährten Mordfalls hat die Gegend einst traurige Berühmtheit erlangt: Ein ortsansässiger Familienvater hatte in einem Doppelmord seine Frau und minderjährige Tochter gewaltsam getötet und soll sich anschließend in einer Grotte inmitten des Schiefergebirges selbst gerichtet haben. Ob die beiden Taten in einem Zusammenhang stehen, bleibt bislang unklar. Die Ermittlungen dauern an.

Von dem 26-jährigen Begleiter der Ermordeten, der ebenfalls seitdem vermisst wird, fehlt trotz den tiefgreifenden Bemühungen der Kripo weiterhin jede Spur. Um sachdienliche Hinweise wird gebeten, bitte wenden Sie sich an ...

✼

```
<Anonymous> Was isn jetzt mit dem bild von der alten?
<Anonymous> Wenns wirklich so krass sein soll dsann
zeig halt mal her endlich
<polyzystensinsheisze> file:1348733408.jpg
<polyzystensinsheisze> hab euch gewarnt
<Anonymous> Aaaaaalter ultrakrass
<Bauer88> oh shice
<luffy622> wtf
<Bauer88> Ey wie die würmer da rauskrabbeln aus den
augen und alles iiiih
<Bauer88> mega hart
<Bauer88> aber die is immer noch hot would do her lol
```

```
<Anonymous> Das is nurn Kopf du spast
<Bauer88> na und hhaahaha
<luffy622> wtf
<Anonymous> Wie komms du an das Bild
<polizystensinsheize> sag doch hab da meine contacts
<polizystensinsheize> verrat ich euch nich
<Anonymous> Mega abgefahren
<Bauer88> die war doch bestimmt nich zum blumenpflü-
cken da
<Bauer88> sind komische leute unterwegs da oben
<luffy622> WTF
<Bauer88> wegen der nazihöhle
<Anonymous> Wat nazihöhle
<Anonymous> Labers du
<Bauer88> ja wo der killer die hakenkreuze gemalt hat
<Bauer88> kennt halt jeder
<Bauer88> is so bei uns hier aufm lamd
<Bauer88> zieht so spackos an wie die fliegen
<Bauer88> hahahaha
<Anonymous> Krass ey
<Anonymous> Aber gefunden ham se die da ja nich
<Bauer88> heißt nix
<Bauer88> waldo hat sie
<Bauer88> WALDO AHAHAHGAHAAAA
<luffy622> .
<Anonymous> Eifelnazis
<Bauer88> lol
<Bauer88> erzählt man sich halt so
<Bauer88> soll nochn unteritdisches labor oder so ge-
ben ahaha
<Anonymous> WALDO lol
<Anonymous> Smh
<Bauer88> ja is ultra fame
<Bauer88> da ham se im krieg experimente gemacht da
unten
<luffy622> waldo?
<Bauer88> wer weiß vlt sind se noch da
<Bauer88> irgendwas ist da noch
<Anonymous> Da reiten sie auf ihren dinos
<Anonymous> Kranke scheisse
<Bauer88> schade um das girl die war hot
<Anonymous> Kommen eines tages zurück und schlagen zu
lol
<Anonymous> ahahah
<Bauer88> die war schon hot wär auch mitgegangen mit
```

```
der
<luffy622> tf
<Bauer88> AHAHAHAHHAAA
<polizystensinsheisze> file:1348790409.jpg
<Bauer88> what
<Anonymous> Was zur
<Anonymous> HÖLLE
```

#119

»Wen siehst du?«
»Mich.«
»Und weiter?«
Er dreht sich halb zu mir um, dabei kann er mich doch im Spiegel sehen. Schließlich sitze ich direkt hinter ihm. »Wie, und weiter?«
»Na ja«, sage ich und zucke mit den Schultern. »Zufrieden mit dem, was du siehst?«
Er wendet sich wieder seinem Spiegelbild zu und beugt sich leicht nach vorn, fährt sich mit einer Hand über das stoppelige Kinn. »Die ehrliche Antwort oder die gesellschaftlich akzeptierte?«
Oh, ein Profi, denke ich. »Die, die du mir geben willst. Völlig egal.«
»Für die drei vorne eigentlich noch ganz gut, finde ich.«
»Danke. Du kannst gehen.«
Er wirft mir einen skeptischen Blick zu, dann führt das Personal zu meiner Rechten ihn ab. Ich muss gähnen. Kurz hatte ich gedacht, ich hätte einen Kandidaten gefunden.
»Der Nächste.«
Die Tür links von mir öffnet sich und der nächste Mann tritt ein, #119. Wobei: eher fast noch ein Junge als ein fertiger Mann. Migrationshintergrund, vermute ich.
»Hi«, sagt er schüchtern.

»Vor den Spiegel, bitte.« Ich sehe ihn nicht an.

Er bezieht direkt vor mir Position und erscheint im Spiegel vor uns. Die Arme lässt er lässig neben seinen schmalen Hüften herabbaumeln. Er unterdrückt ein nervöses Grinsen, und ich merke sofort, dass er sich selbst mindestens ganz okay findet.

»Wen siehst du?«

»Den berühmtesten und begehrtesten Junggesellen der Welt, der gleich hinter mir auf einem Hocker sitzt und schon richtig müde aussieht. Wie viele hast du heute schon beurteilt?«

»Ich beurteile nicht.« Direkt bereue ich, ihm Auskunft gegeben zu haben, aber er hat recht: Ich bin wirklich hundemüde. »Nicht so viel reden. Wen siehst du?«

»Mich.«

»Und?«

»Ehrlich gesagt – ich finde mich außerordentlich hübsch!« Ich will ansetzen, etwas zu sagen, aber dann spricht er ungeniert weiter: »Klar, spezieller Typ, was? Nicht jedermanns Sache. Entweder kategorisch ausgeschlossen oder Fetisch. In jedem Fall auf das Unwesentliche reduziert. Denken die. Ich persönlich mag, was ich sehe.«

Schnell gehe ich meine mir selbst auferlegten Regeln durch und versuche zu entscheiden, ob er sich bereits disqualifiziert hat, aber es gelingt mir nicht. *Na gut, gib ihm eine Chance.*

»Du kennst die Community gut.«

»Ich bin ein Teil von ihr.«

»Wirklich?« Ich kratze mich am Knie. »Schließt du also auch kategorisch aus?«

»Jeder schließt kategorisch aus. Wenn nicht bewusst, dann unbewusst.«

Das führt zu weit. »Du kannst gehen.«

Er grinst mein Spiegelbild an, unsere Blicke treffen sich. Dann lässt er sich widerstandslos abführen.

»Pause«, spreche ich in die Anlage zu meiner Rechten.

Das Deckenlicht geht an. Doreen ist sofort zur Stelle. Sie reicht mir einen Pappbecher mit Kaffee und hält mir das geöffnete Päckchen mit Zigaretten hin. Es ist fast leer.

»Du siehst scheiße aus«, lacht sie.

»Danke«, sage ich, während ich eine Kippe aus der Packung fummele. »Wie lang ist die Schlange noch?«

»Für heute hast du es bald geschafft. Die ersten Camps vor der Halle wurden schon aufgelöst, es ist kaum noch wer da. Gut, nicht? Du solltest wirklich dringend schlafen.«

»Ich bin schockiert, Doreen«, seufze ich. »Nur noch schockiert.«

»Weil Nummer 62 dir direkt in den Schritt gepackt hat? Oder weil alle entweder rumjammern oder am liebsten sofort den Spiegel bumsen würden?«

Ich rolle nur mit den Augen und rauche.

»Weißt du, wenn du nicht schon so scheiße reich wärst und manche Wahrheiten die Öffentlichkeit tendenziell verunsichern könnten – wir hätten den Privatsendern wirklich die Dreherlaubnis erteilen sollen. Das wäre Reality-TV *at its best*.«

Ich rauche wortlos weiter.

Sie klopft mir schließlich auf die Schulter. »Verausgabe dich nicht. Du weißt, heute ist bloß der erste Tag.« Und verschwindet lachend im Backstage.

Ich gehe eine Minute in mich, versuche die Trägheit abzuschütteln und spreche dann wieder in die Anlage. »Okay. Weitermachen.«

Ich sinke zurück auf meinen Hocker. Links geht die Tür wieder auf.

»Scheiße, Mann, du bist es wirklich!«, ruft #120 freudig, noch bevor er in die Mitte des kleinen Raums getreten ist. Wie alle Männer, die ich heute aufmarschieren lasse, ist er oberkörperfrei. Über seine viel zu enge Jeans quillt sein haariger Bauch.

»Vor den Spiegel, bitte«, sage ich geistesabwesend.

Er tut, wie ihm geheißen. Aber anstatt ruhig stehen zu bleiben, windet er sich vor der Scheibe hin und her und betrachtet sich selbst aus verschiedenen Winkeln.

»Was siehst du?«, frage ich.

»Eine arrogante Fickfresse, das sehe ich!«

Bevor ich überhaupt registriert habe, was er gesagt hat, trifft mich etwas Hartes am Kopf. Ich stürze mitsamt dem Hocker zu Boden.

#120 hat eine kleine Handpistole gezogen, richtet sie auf mich und entspannt die Sicherung. »Fickfresse!«, brüllt er erneut.

Ich hebe die Hände abwehrend vor mein Gesicht. »Ruhig«, sage ich und schmecke das Blut, das mir von der Schläfe das Gesicht herunterrinnt. »Nur die Ruhe …«

»Was denkst du, wer du bist?«, fährt #120 mich an. »Spielst den Richter über die Moral! Was glaubst du, über uns herausfinden zu können? *Body positivity*, dass ich nicht lache! Typen wie du würden mich im echten Leben nicht mal mit dem Arsch anschauen.«

Genau da liegt das Problem, denke ich, aber kann es unter dem Schock nicht aussprechen.

»Ich kann mich selbst lieben, so viel ich will. *A-listers* wie du werden es nie!« Er fuchtelt mit der Waffe über mir herum und schnieft. »Aber damit ist jetzt Schluss! Ich knall uns beide ab.«

Er will wütend sein, aber seine Traurigkeit ist stärker. Derweil frage ich mich, wie er die Knarre an den Securities vorbeigeschmuggelt hat.

»Ich habe mir die Interviews angesehen. Ich habe sogar dein scheiß Buch gelesen! Sitzt in deinem Elfenbeinturm und maßt dir an aufzuzeigen, was das Problem der Community ist. Wo du selbst doch von Problemen echter Menschen nicht die leiseste Ahnung hast. Du mit deinen Millionen und deinem Engelsgesicht! Es sind also nur diejenigen schön, die mit sich selbst im Reinen sind, ja? Bla, bla, bla. Guck mich an! Ich bin nicht schön. Und selbst, wenn ich beklopperweise doch davon überzeugt wäre ... Du und ich? Das ist ja wohl ein schlechter Witz.«

Du sprichst genau das aus, worauf ich aufmerksam machen will, alter Freund, denke ich. Ich beschließe aber, dass ich nicht versuchen sollte, ihm jetzt ins Gewissen zu reden. Mit dem Tod bedroht zu werden war in meinen Vorbereitungen nicht vorgesehen.

»Nimm ganz langsam die Waffe runter und lege sie auf den Boden.« Mein Personal hat den Raum betreten.

»Oh, mein Gott«, höre ich Doreens Stimme irgendwo hinter mir.

#120 schaut verwirrt und richtet den Arm mit der Waffe mal in meine, mal in die Richtung der Stück für Stück eintreffenden Sicherheitsleute. Die haben auch Waffen, aber das kann er noch nicht sehen.

»Ihr seid alle genau wie er!«, brüllt der Mann panisch.

»Tu, was dir gesagt wurde«, ermahnt mein Sicherheitschef ihn in hochprofessionellem, ruhigem Ton.

»Ich …« Er stottert, schwitzt. Und schließlich, ob Kurzschlussreaktion oder insgeheim geplanter letzter Akt seines Auftritts, drückt #120 sich die Waffe unters Kinn. Seine Augen weiten sich. Es ertönt ein Schuss, und der Kerl wird nach hinten geschleudert.

»Niemand sollte heute eine Sauerei aufwischen müssen«, witzelt der Sicherheitschef, als er ruhigen Schrittes an mir und Doreen vorbeistolziert und sich mit zwei seiner Leute daran macht, den reglosen Körper aufzurichten. #120 ist nicht tot. Aber er wird auch eine Weile nicht mehr aufwachen.

»Wie konnte das passieren?«, frage ich, noch immer am Boden kauernd, und versuche, das Zittern in meiner Stimme zu verbergen.

Der Sicherheitschef mustert mich von oben, abfällig. »Pech, nehme ich an«, knurrt er.

Seine Männer schleifen #120 davon.

*

»Stell dir doch nur mal die Headline vor. Gelangweilter Multimillionär und schönster Mann der Welt stirbt bei als Casting getarntem Sozialexperiment«, tönt Doreen etwa zehn Minuten später und gestikuliert wild. Sie versucht, ihren Schock mit Humor zu bekämpfen.

Ich blase ihr meinen Rauch ins Gesicht. Die Anspannung hat nachgelassen, aber mein Kopf ist leer. Was für eine verdammte Scheiße. Für heute ist das Casting vorüber, und was ich morgen machen werde, weiß ich noch nicht.

Wir befinden uns im Krieg.

»Was hast du gesagt?«, fragte sie.

Ich realisiere erschrocken, dass ich offenbar laut gedacht

habe. Murmelnd mache ich mich davon.

Einige Minuten später trete auf die Empore der Halle und lasse meinen Blick über das kleine Häuschen schweifen, das in der Mitte des Innenraums aufgebaut wurde und in dem ich die Männer einmarschieren lasse. Ich muss meinen Kopf in Ordnung bringen. Ihn mit irgendetwas füllen.

»Feierabend?«, höre ich eine Stimme.

Ich sehe auf. #119 lehnt an der Wand. Wie ist er in den abgesperrten Bereich gelangt? Macht hier denn niemand seinen Job richtig?

»Geh nach Hause«, sage ich träge.

Er mustert mich von Kopf bis Fuß, macht dann einen Schritt auf mich zu. »Nein«, grinst er.

Ich seufze, sehe ihn an. Als er keine Anstalten macht, zu verschwinden oder weiterzusprechen, greife ich ihn an der Hüfte und ziehe ihn zu mir.

»Bin ich im Recall?«, fragt er schließlich fröhlich, nachdem sich meine Lippen wieder von seinen gelöst haben.

Ich kann nicht klar denken. Er hat mich längst in seinem Bann.

»Richtig herum siehst du besser aus«, fährt er fort. »Trotz der Angst in deinen Augen.«

Ich küsse ihn erneut, diesmal heftiger. *Was weißt du schon über Angst?*

Er greift mir in den Schritt. »Ich habe einiges auf mich nehmen müssen, damit sie mich hier hoch gelassen haben«, erklärt er.

Ich will nichts davon hören – die Vorstellung widert mich an. Das süffisante Lächeln des Sicherheitschefs geistert mir durch den Kopf, und ich fühle mich machtlos. Mein Blick ist wie gebannt auf #119s zarte Hände gerichtet.

»Deine Spielregeln sind mir egal«, fügt er hinzu. Etwas in mir sticht. »Was bringen all die Worte? Das hier ist alles, was zählt.«

Ich reiße ihm gierig das Shirt über den Kopf. *Sprich weiter*, flehe ich still und beginne ihm die Brust zu lecken.

»Ich habe kein Geld. Ich kann auch nicht besonders gut reden. Du kennst mich nicht. Was also —«

Ich weiß alles über dich, denke ich und schneide ihm das Wort ab, als ich ihn in den Mund nehme. Dann höre ich nur noch sein Lachen über mir.

✲

Die Tür quietscht, als ich eintrete. Ich nehme auf dem Hocker Platz und hebe den Blick.

Noch immer habe ich seinen Geschmack im Mund. Was wird er draußen über mich erzählen?

»Wen siehst du?«, fragt der Mann im Spiegel. Er sieht müde aus, erschöpft. Alt. Sein maßgeschneiderter Designeranzug täuscht über nichts davon hinweg.

»Mich«, sage ich leise.

»Und? Magst du, was du siehst?«

Zum ersten Mal in meinem Leben weiß ich nicht, wie ich diese Frage beantworten soll.

Leif Oberlin hat Soziologie und Asienwissenschaften in Deutschland und Japan studiert. Selbst langjähriger Musiker, schreibt er leidenschaftlich für ein Online-Magazin über alternative Musik und frönt seiner Liebe zum Reisen in weit entfernte Länder – beides fließt in seine Geschichten mit ein.

Sein Debütroman »Die Wanderung der Frösche« ist im Herbst 2022 erschienen.

instagram.com/leifoberlin